Silvia Kirschner

AF222663

Die Geschichte eines Mädchens
Wie eine Jugendliche ihre Depressionen überwindet

Erfahrungsbericht

Herstellung & Verlag: Books on Demand GmbH, Norderstedt
www.bod.de
Autor & Buchgestaltung: Silvia Kirschner, Oberösterreich
Neuausgabe 2008 / 2. Auflage
Printed in Germany
ISBN 9783837063486

Für Thomas

Sie lag in ihrem Bett, die Decke über den Kopf gezogen. Der Vorhang in ihrem Zimmer ließ noch genug Helligkeit durchblitzen, dass alle ihre Spielsachen zumindest schemenhaft zu erkennen waren. Puppen, Autos, Barbiepferde und ein frisch gebautes Legohaus. Durch die Decke hindurch konnte sie die Blicke aller Kuscheltiere und Teddybären spüren, die auf den Kästen saßen und auf sie hinuntersahen. Fragende Augen, traurige Augen. Ihr kleiner Körper wurde noch einmal wie von Geisterhand geschüttelt und die Tränen wollten einfach nicht versiegen. Maria weinte sich die Augen aus dem Kopf – noch zu jung, um deuten zu können, was sie da eigentlich fühlte und warum. Mit ihren 6 Jahren spürte sie nur einen furchtbar stechenden Schmerz in ihrer Brust, der es ihr nicht möglich machte, sich zu beruhigen. Die Tränen flossen ununterbrochen. Das Mädchen rang nach Luft, blieb aber eisern unter dem beschützenden Versteck. Nach endlosen Minuten, die ihr wie Jahre vorkamen, überwand sich Maria und steckte ihren Kopf aus der Decke. Sie spürte die Hitze in sich und ebenso die frische Kühle auf den feuchten Wangen als ihr die Luft des Zimmers entgegenschlug. Ohne darüber nachzudenken, sprang sie aus dem Bett und folgte dem plötzlich aufflammenden Instinkt in ihr – sie musste sofort zu ihren Eltern! Maria's Herz klopfte wie wild vor Aufregung, hastig ging ihr Atem. Was sollte sie ihnen bloß sagen? Warum fühlte sie sich so, wie sie sich fühlte? Noch bevor sie ihre Gedanken beenden konnte, stand sie im Wohnzimmer vor ihren Eltern. Die Mutter sah ihre Tochter an, doch bevor sie etwas sagen konnte, fiel ihr das Kind um den Hals und musste wieder herzzerreißend weinen. „Keiner spielt mehr mit mir! Ich glaube, ihr habt mich alle nicht mehr lieb!"

Silke und Hans ahnten nichts von der Last, die schon in jungen Jahren auf der kleinen Seele ihrer Tochter lastete. Sie konnten nicht richtig zuordnen, was dieser tränenreiche Ausbruch zu bedeuten hatte. Silke grübelte noch eine Weile vor sich hin, da sich Maria aber schon am nächsten Morgen wieder völlig „normal" verhielt und am Weg zur Schule fröhlich singend neben ihr herhüpfte, schenkte sie der Situation keine weitere Bedeutung mehr. Auch für Hans war der Abend schnell vergessen und so kam es, dass beide nicht mehr über das Geschehnis nachdachten. Sie hatten nicht das Gefühl, dass sie vielleicht zu wenig mit ihrer Tochter spielten und dass sie sie von Herzen liebten, stand sowieso außer Frage. Silke und Hans wussten nicht, dass Maria zu den Menschen zählte, die einfach vom Schicksal dazu bestimmt sind, die heimtückische Krankheit der Depression mit sich zu tragen. Sie sahen in ihrer Tochter immer ein glückliches, aufgeschlossenes Kind. Maria war sehr aufgeweckt und zugänglich, vor allem aber auch besonders lustig und humorvoll. Über alles und jeden konnte sie lachen. Sie lachte, wenn es tatsächlich zum Lachen war, sie lachte, wenn sie Angst hatte und sie lachte, wenn sie nervös war. Silke war es trotz aller liebevollen Bemühungen nicht möglich, ihr das Radfahren ohne Stützräder beizubringen, weil Maria vor lauter Aufregung immer nur lachen musste. Von Schüchternheit kaum eine Spur, fand das Mädchen vor allem mit ihrem Humor immer schnell freundlichen Anschluss – sei es unter Gleichaltrigen oder auch bei Erwachsenen. Sie war ein wilder netter Sonnenschein und für lange Zeit immer nur „die Kleine" ihrer Eltern. Kurz nach ihrem 8. Geburtstag trat ihr kleiner Bruder Sebastian in ihr Leben. Trotz des verlorenen Platzes des Nesthäkchens schloss Maria ihren Bruder gleich in ihr Herz und liebte ihn heiß und innig. Maria war natürlich sofort bewusst, dass sie nun nicht mehr „die Kleine" war – sicher tat es zuerst etwas weh, diesen Sonderplatz räumen zu müssen, aber sie war deshalb trotzdem nicht böse auf Sebastian. Für Maria war der kleine Bruder in gewisser Art sogar fast wie ein neues Spielzeug, eine menschgewordene Puppe. Zuerst wollte sie ihn immer wickeln, herumtragen und streicheln, später dann mit ihm spielen und ihn liebevoll verwöhnen.

Nach kurzer Babypause begann Silke wieder zu arbeiten und Maria vermisste sie. Sehr sogar. Aber sie wollte es nicht zeigen – keinem. Wenn sie mittags von der Schule kam, verließ ihre Mutter das Haus und kam erst spät Abends wieder zurück. Das Mädchen war deswegen oft traurig, aber es hatte sich sofort angeeignet, diesen Zustand zu verdrängen. Maria wollte diese Traurigkeit zuerst einfach nicht wahrnehmen, was irgendwann dann doch nicht mehr möglich war und so änderte sie ihre Methode. Sie war sich dessen bewusst, dass ihr die Mutter und deren Nähe fehlte, aber sie wollte sie mit ihrer Betroffenheit nicht traurig machen oder sie womöglich enttäuschen und so machte sie es sich zur Gewohnheit, ihre Gefühle einfach nicht mehr offen zu zeigen – damals schon schlug Maria den Weg ein, der sie zur perfekten Schauspielerin werden ließ.

Es war ihr 12. Geburtstag. Vor längerer Zeit hatte irgendjemand Maria davon erzählt, dass, wenn man eine verlorene Wimper sanft in die Luft bläst, jeder Wunsch in Erfüllung gehen würde. So stand sie auch an diesem Tag am offenen Fenster ihres Zimmers, zog mit aller Gewalt an ihren Wimpern und blies diese voller Hoffnung hinaus ins Freie. Etliche Male hatte sie diese Prozedur schon gemacht und es war beinahe verwunderlich, dass ihre hübschen großen Augen überhaupt noch mit Wimpern geschmückt waren. „Ich wünsche mir sooo sehr einen kleinen Hund! Lieber Gott, bitte bitte bitte mach, dass ich einen Hund bekomme!"

Maria fühlte sich trotz ihres kleinen Bruders sehr oft alleine. Bei dem Gedanken an einen kleinen Hund schien ihr das Herz zu explodieren vor Freude und Wärme. Mit einem Hund hätte sie einen echten Freund, der immer bei ihr wäre – mit ihm könnte sie reden und spielen, er würde zuhören und immer für sie da sein. Silke und Hans arbeiteten viel und obwohl sie sich dennoch sehr bemühten, besonders Maria am Wochenende viel Aufmerksamkeit zu schenken, merkten sie doch, dass ihre Tochter ihnen gegenüber immer ruhiger wurde und oft ganz blass und verloren vor sich ins Leere starrte. Es war ihnen nicht bewusst, dass Maria sich völlig alleine fühlte – alleine, trotz der Anwesenheit vertrauter Menschen. Etwas schien in der Seele des Mädchens unterbewusst zu arbeiten. Dieses Etwas war schon in früher Kindheit erwacht, war aber immer wieder verschwunden, so als würde es doch lieber noch etwas vor sich hinschlummern. Silke und Hans ahnten von alldem nichts, doch trotz aller Bemühungen, sich genug Zeit für ihre Tochter zu nehmen – nicht zu vergessen, dass sie ja auch noch Sebastian hatten, dessen Ansprüche als Vierjähriger natürlich viel bedeutsamer für sie waren – hatten sie das Bedürfnis, ihrer Tochter einen richtig großen Wunsch zu erfüllen. Und so kam es, dass Maria zu ihrem 12. Geburtstag einen kleinen schwarzen Hundewelpen geschenkt bekam. Ihr großer Traum war in Erfüllung gegangen! Nach beinahe endlosen Freudetränen und langen Umarmungen mit ihren Eltern, war das kleine schwarze Bündel auf ihrem Schoß eingeschlafen. Maria streichelte sanft über das weiche Fell. „Mein kleiner Schatz, mein kleiner Robin. Du bist so süß, ich hab dich so lieb!"

Maria war verliebt, wie man nur in ein Tier verliebt sein kann – vielleicht sogar noch mehr. Sie baute innerhalb kürzester Zeit ein sehr inniges Verhältnis zu Robin auf. Silke und Hans hatten verboten, ihn ins Haus zu lassen und so verbrachte Maria nach gemachten Hausaufgaben ihre restliche Tageszeit nur bei ihm im Garten. An schönen Tagen tobte sie mit ihm draußen herum und legte sich danach zum Kuscheln und Streicheln neben Robin ins Gras. Dort las sie dann ein Buch oder spielte auf der Flöte. Oder sie lag einfach nur da, schloss die Augen, hörte die Bienen summen, streichelte sanft über Robins weiche Ohren und sog den Duft seines Felles tief ein.

Maria's Leben schien beinahe perfekt. Doch Tage, an denen sie meist grundlos weinen musste, kamen – ihr noch völlig unbewusst – langsam immer öfter. Manchmal gab es natürlich auch Grund für ihre Tränen, wenn sie sich als beginnender Teenager von ihren Eltern ungerecht behandelt fühlte. Oft bekam sie zurecht eine Rüge, wenn sie in der Schule nachlässig wurde, weil sie nur Robin im Kopf hatte, oder weil sie ihr Zimmer nicht ordentlich aufräumte. Doch auch in den besten Familien kommt es vor, dass Eltern überfordert, gestresst oder überarbeitet sind und die Kinder dann die Auswirkungen dieser Zustände dementsprechend zu spüren bekommen. Ein gesunder Teenager würde sich krumm und schief ärgern, würde sicher auch des öfteren Tränen deswegen vergießen – sei es aus Enttäuschung, Verletzung oder Wut. Aber Maria konnte sich mit ihren fast 13 Jahren immer öfter nicht einfach nur „normal" ärgern oder durchschnittlich traurig sein. Ihre Trauer war schon krankhaft angehaucht und das Gefühl eines lebensunwerten Lebens wurde langsam, aber stetig, immer wieder stärker.

Tagebuch, 12.11.1993
Ach! Ich halte es zu Hause nicht mehr aus! Es kommt mir vor, als würden mich alle nur noch anschreien. Ich glaube, ich hau' ab – irgendwo hin, wo keine Mama gestresst und gereizt ist und wo kein Vati immer gleich schimpft. Nein! Das Beste ist, ich bring mich um! Dann stehe ich ihnen nicht mehr im Weg und sie sind mich los! Ich springe beim Fenster runter oder vergifte mich mit Tabletten. Oder ich bringe mich mit einem Messer um. Andauernd werde ich kritisiert. Außerdem wird mir immer gedroht, dass Robin sofort wieder verkauft wird, wenn ich mal nicht mit ihm spazieren gehen will. Ich habe das Gefühl, dass ich geschimpft werde, ohne etwas getan zu haben. Heute war es wieder so: Zuerst habe ich um 15 Uhr zu Mittag gegessen und dann gelernt. Auf einmal ist Vati in mein

Zimmer gestürmt und hat mich geschimpft, weil ich ihn nicht gehört hab, als er nach mir gerufen hatte. Dabei hatte ich Kopfhörer auf und hatte ihn wirklich nicht gehört. Er meinte, ich soll auf Sebastian aufpassen und weg war er. Dann hab ich mit Sebastian im Esszimmer getanzt, damit er Spaß hat. Kurz darauf kam Mama von der Arbeit und schrie mich ziemlich an, weil wegen unserer Hüpferei der Lampenschirm gewackelt hat. Ich entschuldigte mich, aber sie war trotzdem sauer. Ich ging gleich ins Wohnzimmer, um den Radio auszuschalten. In der Zwischenzeit erlaubte Vati Sebastian, dass er meine Hausschuhe anziehen darf, die noch im Esszimmer standen. Ich hab das nicht gehört und als Mama Sebastian hochgezogen und weggetragen hat, hab ich ihm meine Patschen ausgezogen. Sebastian schrie wie am Spieß und Mama auch. Sie schimpfte mich, weil ihr nun das Ohr so weh tut. Ok, das glaub ich ja, aber deshalb muss sie ja mich nicht so anschreien. Dann bin ich ins Bad gegangen und Vati kam und fragte mich, ob ich heute schon mit Robin spazieren war. Ich sagte: „Nein, ich musste ja auf Sebastian aufpassen." Dann hat Vati gemeint, dass das wie immer nur eine faule Ausrede ist. Ich hab nichts mehr gesagt und bin in mein Zimmer gegangen. Dann weinte ich sehr. Es ist einfach nicht zum Aushalten! Sicher hat jeder mal einen schlechten Tag, auch meine Eltern. Aber da kann ich ja nichts dafür. Zum Glück haben sie solche Tage ja nicht oft, aber wenn es so ist wie heute, möchte ich am liebsten tot sein. Ich hoffe, dass das bald besser wird.

Maria und Robin waren ein Herz und eine Seele. An Weihnachten und Silvester saß sie stundenlang bei seinem Platz, streichelte ihn und erzählte ihm alle Dinge, die ihr nur einfielen. Doch nicht nur an besonderen Tagen war ihr erster Weg der zu ihrem Hund. Egal welches Wetter draußen war, ob sie nun auch noch so fror oder sich vor Hitze lieber in einem Schwimmbad vergnügen hätte wollen – sie war den größten Teil ihres Tages in der Nähe ihres Hundes.
Silke und Hans hatten in den letzten Monaten ziemliche Eheprobleme, sie stritten sehr viel und nicht selten war Maria Zeuge dieser Auseinandersetzungen. Sebastian verstand es noch nicht und in seiner Gegenwart hatten sich die Eltern auch mehr unter Kontrolle. Maria weinte oft nächtelang, weil sie fürchtete, ihre Eltern könnten sich womöglich trennen. Doch nicht nur das wäre schlimm für sie, bestimmt würde sie sich dann entscheiden müssen, bei wem sie ihr Leben verbringen wolle – bei ihrem Vater oder ihrer Mutter.

Bei dem Gedanken an derartige Szenarien wurde ihr ganz schlecht und schlussendlich schmiedete sie ihren geheimen Plan. Dieser besagte, dass Maria im Falle einer elterlichen Trennung mit Robin und ihrem nötigsten Hab und Gut einfach davonlaufen und lieber gleich ganz alleine leben würde. Robin würde schon auf sie aufpassen und dann wäre sie nicht ganz so verloren. Etliche Male schüttete Maria ihr Herz bei Robin aus. Der kleine Schwarze blickte sie meist mit seinen tiefbraunen Augen so liebevoll an, als würde er jedes Wort verstehen. Meist endeten die einseitigen Gespräche damit, dass sich Maria schluchzend an den Hals des Hundes warf und sich fest in sein Fell schmiegte.

Tagebuch, 02.07.1994
Ich bin gerade im Schwimmbad. Ich krepiere noch mal bei meiner Familie... Heute morgen sagte Mama, wir fahren alle hierher baden und ich hab mich echt total gefreut, dass wir wieder einmal alle zusammen etwas unternehmen. Kurz darauf stritten Mama und Vati. Das tat mir so weh, dass ich ganz still und traurig wurde. Irgendwie regte sich Mama darüber furchtbar auf und schrie mich vorwurfsvoll an: „Wenn ihr beiden Kinder nicht wärt, dann wären wir schon längst getrennt!" Toll! Ich hab da jetzt ein echt super Gefühl – haha! Umbringen würde ich mich am liebsten deswegen!
Dann – vorhin – kam ich aus dem Wasser (ich hatte ein nasses Oberteil an) und stellte mich aufs Handtuch. Auf einmal schreit mich Vati an: „Ach, du bist ja verrückt! Mit einem nassen T-Shirt hier rumstehen! Du willst anscheinend unbedingt krank werden? Da bist du dann aber selber Schuld, wenn du so dumm bist!"
Ich halte das nicht mehr aus! Das ist ja echt so, als könnte vor lauter Streiten keiner mehr normal mit mir reden. Scheiße! Ich hasse dieses Leben!

Doch nicht nur das Verhältnis zwischen Silke und Hans machte Maria zu schaffen. Erst vor wenigen Tagen hatte sie zufällig ein Telefonat ihres Vaters mitgehört, indem er mit einem Freund darüber sprach, dass er und Silke darüber nachdachten, aus dem Haus in dem sie wohnten, auszuziehen. Es war nicht ihr eigenes Haus – es war nur gemietet und Hans sprach davon, dass ganz in der Nähe neue Wohnungen gebaut wurden, die bald zum Verkauf freistehen würden. Maria konnte kaum glauben, was sie gehört hatte und den Rest des Telefonates nahm sie auch gar nicht mehr richtig wahr.

Ihre Gedanken kreisten nur noch darum, was wohl werden würde, wenn sie tatsächlich in eine Wohnung ziehen würden. Robin durfte jetzt schon nicht in das Haus und musste immer im Garten bleiben – was würden die Eltern da wohl in einer Wohnung machen? Tief in ihrem Herzen beschlich sie die furchtbare Angst, dass sie sich womöglich eines Tages von ihrem geliebten Robin würde trennen müssen. Es brach ihr beinahe das Herz – er war alles für sie.

Tagebuch, 24.11.1994
Es läuft gerade Kuschelrock 2. Ich sah gerade auf ein Foto von Robin. Ich dachte so nach und da kam mir der Gedanke, wie es wohl sein wird, wenn ich ihn nicht mehr habe. Da musste ich furchtbar weinen. Er ist so lieb! Seine süßen Augen, die einen anglitzern und sagen „Heute bin ich ein Spitzbub!" oder „Ich hab dich lieb!" Er ist einfach unbeschreiblich! Weißt du, liebes Tagebuch, auch jetzt, wo ich über ihn schreibe, laufen Tränen über meine Wangen. Was, wenn er plötzlich weg ist, ich bei der Türe rausgehe und ihn nie wieder sehen kann? Er hat doch nur mich und ich hab nur ihn! Er ist so wahnsinnig süß! Es ist immer so schön, wenn wir im Garten sind und es ist kalt und ich kuschle mich ganz fest an ihn und er leckt mir über die Wange, als wolle er mich wärmen. Oder auch wenn ich mich vor ihn hinstelle und sage „Bussi Robin!" – dann springt er mir richtig entgegen und schnuppert bei meinem Mund herum. Es ist so wunderschön mit ihm. Es ist wunderbar, wenn ich mich an seine warmen weichen Kuschelschlappohren schmiegen kann. Ich glaube, ich würde durchdrehen, wenn ich ihn nicht mehr hätte. Robin... Robin... ich hab ihn doch so lieb! Er ist so hübsch mit seinem schwarzen Fell und den braunen Augen. Er ist echt unbeschreiblich. Es gibt keinen Hund auf der Welt, der so ist wie er und ich könnte keinen anderen Hund mehr lieben, als meinen Robin.
Es ist so wundervoll, wenn ich mit ihm in den Wald gehe. Die rauschenden Bäume, das Plätschern der Bäche im Sommer – glitzernde Schneewiesen im Winter. Es ist so schön, wenn wir im Sommer auf einem Feld stehen, die Sonne strahlt mir ins Gesicht und der leichte Wind weht durch das Haar. Wir haben schon so viel miteinander durchgestanden. Ich würde es nicht verkraften, wenn ich ihn hergeben müsste und allein bei dem Gedanken kommen mir schon wieder die Tränen. Wie jetzt, wenn ich mir vorstelle, in einen leeren Garten zu gehen oder nie wieder sein fröhlichen Bellen und beruhigendes oder auch ungeduldiges Jaulen zu hören.

Ich wäre echt dazu bereit mich umzubringen und das meine ich jetzt mit vollem Ernst. Ich wüsste nicht, wie ich das sonst durchstehen könnte. Ich werde ja alleine jetzt schon beinahe krank, wenn ich mir das alles nur vorstelle. Ich habe mir vorhin vorgenommen, viele Fotos von Robin zu machen, damit ich ganz viele Erinnerungen an ihn hab, falls es echt mal soweit ist. Und ich will auch eine Kassette aufnehmen mit ihm. Es hört sich blöd an, aber ich will das tun, damit ich ihn niemals vergesse. Aber eigentlich ist es ja sinnlos, sich darüber jetzt schon Gedanken oder Sorgen zu machen. Aber eines weiß ich – nämlich dass der Tag kommen wird, an dem ich alleine bin, ohne ihn, ohne meinen Robin....

Tagebuch, 29.11.1994
Morgen hab ich meinen 14. Geburtstag. Ach, wie sehr ich mich freue!
haha :o(
Ich halte es einfach nicht mehr aus. Jeder Tag wird mir versaut. Da wird es sicher morgen genauso sein! Jeder zu Hause schnauzt mich an. Oder wenn Sebastian zum Beispiel schlimm war, ich ihn schimpfe und er dann zu weinen anfängt, bekomm ich die Schuld. Da heisst es dann „Also die zwei kann man ja wirklich nicht zusammenlassen! Die streiten immer!" ... und lauter so Scheiß. Jeder nimmt Sebastian in Schutz und dann wundern sie sich, wenn sie mich wie jetzt weinend auf meinem Bett vorfinden. Weißt du, liebes Tagesbuch, ich habe irgendwie richtig Angst vor mir selbst. Ich habe in letzter Zeit wirklich schon oft mit dem Gedanken gespielt, mich umzubringen. Darum hab ich Angst, denn wenn ich mir was in den Kopf setze, tu ich's normalerweise auch. Ich weiß, dass ich fähig dazu bin, aber es würde sowieso keiner glauben, dass ich so was tun könnte. Das trauen sie mir alle gar nicht zu. Und die in der Schule erst recht nicht! Da bin ich auch ganz anders. Da spiele ich immer die lustige und niemals traurige, immer sorgenlose und immer verständnisvolle und helfende Maria. Niemand denkt sich, dass ich auch hin und wieder Hilfe brauche oder Trost und Verständnis. Wenn ich dann mal stiller bin, fragt man mich vielleicht nur kurz, was ich habe und ich sage „Nichts!", aber ich glaube, wenn Natascha da wäre, könnte sie in meinen Augen sehen, dass das gelogen ist. Sie ist meine beste Freundin und was die Probleme mit meinen Eltern angeht, versteht sich mich echt gut. Aber ich bin einfach zu verschlossen und kann ihr all meine anderen heftigen Gefühle und Sorgen nicht erzählen. Ich kann diese Schmerzen nicht in Worten ausdrücken. Leider.

In der Schule kommt es mir manchmal so vor, als ob mich manche nur brauchen, wenn sie meinen Rat oder meine Hilfe in Anspruch nehmen wollen. Oder wenn sie Liebeskummer haben. Wenn das Problem dann gelöst ist, bin ich unwichtig und nur noch zum Witze reißen da. Sonst bin ich so vorlaut und nehme kein Blatt vor den Mund, aber in Sachen Gefühle bin ich etwas vorsichtiger, denn ich bin doch eben ein Mensch, der anderen nicht weh tun will.. Aber was nützt es mir, alles hier aufzuschreiben? Dadurch ist mir auch nicht geholfen... Ich reiße mich eh immer voll zusammen und bei Mama und Vati und auch in der Schule kann man es mir gar nicht ankennen, dass es mir dreckig geht, aber immer halte ich dieses Verstellen auch nicht aus – so wie jetzt :o(

Die tränenreichen Tage wurden wieder seltener. Zwar gab es noch immer genügend Sorgen für Maria, weil ihre Eltern oft stritten, aber innerhalb des nächsten Jahres bekamen Silke und Hans ihre Probleme langsam in den Griff und die Situation zwischen ihnen schien sich zu beruhigen. Aber nicht nur deshalb war Maria wieder besser gelaunt. Die ersten Schwärmereien für Jungs stellten sich ein. Wie junge Teenager so sind, fand sie mal den einen Jungen sehr süß, um nach kurzer Zeit das Liebesgeständnis eines anderen zu erhalten. Mit Robin verbrachte sie nach wie vor viel Zeit, aber meistens nur zuhause im Garten. Das Spazieren schränkte sich ziemlich ein, weil Maria immer häufiger Probleme mit ihrem Knie bekam. Sie hatte oft Schmerzen und musste auch mehrmals Physiotherapien machen, aber die Schmerzen wollten einfach nicht völlig abklingen. Deshalb verbrachte sie ihre Zeit lieber zuhause mit Robin, anstatt mit ihm durch die Wälder zu streifen.
Mit Natascha, ihrer besten Freundin, verbrachte sie auch sehr viel Zeit. Die beiden waren wie Schwestern, die sie selber nie hatten. Es gab niemals Streit zwischen den Beiden und Maria konnte sich nicht vorstellen, was wohl werden würde, wenn sich ihre Wege nach den Sommerferien trennen würden, da Natascha in eine andere höhere Schule weiterging, als sie selbst. So sehr sie aber auch die tiefe Freundschaft zu Natascha erwiderte, konnte sie doch nicht mit ihr über die dunklen Gefühle sprechen, die des öfteren über sie hereinbrachen. Es ging einfach nicht. Doch der Frühling und der Sommer waren im Großen und Ganzen sehr gut verlaufen und Maria war sehr glücklich. Sie war auch schon aufgeregt, als sie im Herbst

die neue Schule kennen lernen sollte und fühlte sich schon von Beginn des ersten Schultages sehr wohl. Inga war das Mädchen, neben das sie sich gesetzt hatte – es war der Platz in der letzten Reihe – weit entfernt von den scharfen Augen der Lehrer – dort gefiel es ihr vorzüglich.

Maria lebte sich schnell gut ein, fand viele Freunde und nach einigen Wochen des gegenseitigen oft kritischen Abschätzens und vorsichtigen Annäherns fand sie in Inga eine fixe Bezugsperson. Natascha sah sie seit dem Schulwechsel viel seltener und ihr Gefühl sagte ihr, dass Natascha zwar immer einen großen Platz in ihrem Herzen haben würde, aber dass sie nun in der neuen Schule ebenso gerne eine Freundin und Vertraute haben wollte. Maria wusste es zu Beginn noch nicht, aber Inga sollte (neben Brigitte, die etwas später in ihr Leben trat) einer der prägendsten Menschen in ihrer Jugend werden – eine Freundin, wie sie kaum zu finden schien.

„Diese Zeit kannst du vergleichen mit einer Hand voll Sand, der dir durch die Finger davonrinnt!" Irgend jemand rief diese Aussage durch die Klasse, als einige der Mädchen darüber gesprochen hatten, wie toll hier in der neuen Schule alles war und wie nett doch viele der Klassenkameradinnen waren. Maria nahm diesen Satz kaum wahr, doch schon kurze Zeit später sollte sie sich daran erinnern und die ernsthafte Bedeutung heftig zu spüren bekommen.

Tagebuch, 13.09.1995
Ich mach es kurz und bündig: Robin muss weg!
Meine Eltern sagen, wenn ich jetzt in der neuen Schule noch weniger Zeit habe und auch wegen meinem Knie sowieso schon so wenig mit ihm spazieren gehen kann, dann ist er arm. Nebenbei wollen sie womöglich wirklich eine der neugebauten Wohnungen kaufen und da geht es dann mit einem Hund nur, wenn er täglich rauskommt.
Ja, das sehe ich alles ein und verstehe es auch, aber ich will ja gar nicht dorthin ziehen. Ich meine, schon der Gedanke daran, dass ich ihn nicht mehr habe, bricht mir das Herz. Wenn alles gut geht, hab ich ihn noch bis nächsten Sommer! Ich liebe ihn doch so sehr!
Vati und Mama haben gemeint, sie kennen eine Familie, die ihn gerne haben würde – eigentlich ist es schon beschlossene Sache, dass er dorthin kommt, aber sie wollen ihn mir noch bis zum Sommer lassen; bis wir in die neue Wohnung ziehen!
Ich weiß nicht, was ich tu, wenn es soweit ist. Momentan tröste ich

mich mit dem Gedanken, dass ich ihn momentan ja eh noch habe, aber trotzdem muss ich so oft weinen... auch wenn ich gar nicht weinen will...

Silke und Hans hatten sich schon im Juli dazu entschieden, eine der neuen Eigentumswohnungen zu kaufen, die in unmittelbarer Nähe gebaut worden waren. Sie hatten es den beiden Kindern nicht von Anfang an erzählen wollen, da sie Angst hatten, dass es vor allem Maria vielleicht zu schaffen machen könnte. Sebastian war fast 6 und für ihn waren die Freunde im Kindergarten momentan das Wichtigste. Dass er mit seiner Familie bald wo anders wohnen sollte, störte ihn absolut nicht. Auch Maria hätte grundsätzlich kein Problem damit gehabt. Anfangs hatten ihre Eltern nur angedeutet, dass es vielleicht einen Umzug geben würde. Kurze Zeit später wurde ihr gesagt, dass es nun beschlossene Sache wäre, dass sie sich aber keine Sorgen um Robin zu machen brauche – er dürfte auf jeden Fall mit in die Wohnung kommen. Und nun wurde ihr mitgeteilt, dass daraus doch nichts wurde. Für Maria brach buchstäblich die Welt zusammen. Unterbewusst ahnte sie das psychische Dilemma, das ihr bevorstand und verdrängte alle Gedanken an den Verkauf ihres Lieblings so sehr, dass es ihr selber oft gar nicht bewusst war, dass die Zeit wahrhaftig wie Sand durch die Finger davonglitt.

Tagebuch, 03.10.1995
Oh Gott! Ich bin sooo fertig! Am Samstag waren die Leute da, die Robin nehmen wollen – im Mai nächstes Jahr. Dort bekommt er eine schöne neue Hundehütte und einen riesengroßen Garten mit viel Auslauf. Und daneben sind lauter Wiesen und Felder, auf denen er sich austoben darf, weil weit und breit niemand anderes wohnt; er bekommt dort ein viel schöneres Leben! Außerdem sind diese Leute total nett. Die Mutter wird hauptsächlich mit Robin spazieren gehen, die 4 Kinder sind noch zu klein – die sind alle noch kleiner als Sebastian.
Oh Mann! Ich vergönne ihm das so und bete immer, dass ich ihm nicht fehlen soll! Was mit mir ist, ist egal. Ich sterbe sowieso schon jetzt innerlich. Ich brauche Robin nur ansehen und beginne zu weinen und wenn ich an ihn denke, kommen auch sofort die Tränen, so wie jetzt! Er ist so lieb! Ich brauche ihn! Ich liebe ihn so sehr!!! Wenn er weg ist, überlebe ich das nicht. Und wenn ich nicht von selber sterbe, bringe ich mich sicher um....

Tagebuch, 07.10.1995
Vor ein paar Tagen war ich beim Arzt, weil mir das Atmen unter meinen Rippen immer noch so weh tut. Ich hab schon alle möglichen Tropfen und Tabletten bekommen und irgendwie hilft da gar nichts. Jetzt hatte ich sogar schon Untersuchungen im Krankenhaus, die alle kein Ergebnis brachten und heute war ich wieder beim Doktor und er meinte, ich schaue so schlecht um die Augen aus; was denn nicht mit mir stimme...? Was nicht mit mir stimmt?! Das kann ICH ihm doch nicht sagen!
Jedenfalls muss ich am Mittwoch Blutabnehmen – wie ich schon jetzt vermute, wird da auch wieder nichts rauskommen...
Gestern erzählte mir Mama, dass morgen wieder die Familie kommt, die Robin nimmt. Die Frau möchte gerne, dass ich mit ihr gemeinsam mal mit Robin in den Wald gehe, damit sie sich mal langsam anfreunden können. Mama sagte, ich soll das unbedingt machen – auch wenn es ein längerer Spaziergang wird – obwohl ich eigentlich mein Knie laut Arzt nicht zu sehr belasten soll. Ich hab mich aus Reflex gleich voll gesträubt, nicht wegen meinem Knie, sondern weil ich nicht verstehe, warum diese Frau sich jetzt schon an Robin gewöhnen will, wo sie ihn doch eh erst in einem halben Jahr bekommt. Da sagte Vati ganz nebenbei, dass die Leute meinen geliebten Robin schon Ende November nehmen wollen! Kannst du dir das vorstellen!!!?!!!
Das geht mir alles viel zu schnell! Es war ausgemacht, dass ich ihn noch haben darf, bis wir umziehen und jetzt wollen die ihn einfach schon früher haben! Ende November! Bei meinem Glück holen sie ihn am 30., an meinem Geburtstag!Ich will überhaupt nicht mehr leben! Ich bin echt fertig, physisch und psychisch. Mama sagte heute auch, dass mir das Atmen sicher deswegen wehtut, weil ich mich so reinsteigere. Na toll! Da muss man sich ja reinsteigern, oder nicht?
Ich will, dass das alles endlich aufhört! Ich will aufwachen aus diesem furchtbaren Traum! Wozu lebe ich denn noch? Ich habe doch nichts mehr, auf das ich mich freuen könnte!
Dieser Stress in der neuen Schule, diese fiesen Schmerzen beim Atmen und im Knie – diese furchtbare Sache mit Robin... ICH WILL NICHT MEHR!
Ich will, dass das alles endlich aufhört! Ich will nicht mehr leben!!! WOZU DENN?!

Tagebuch, 15.10.1995

Gerade war die Familie wieder da. Die Frau wollte wieder mit Robin spazieren und spielen. Oh Mann!

Zuerst hieß es, sie holen ihn im Mai, dann Ende November, vor ein paar Tagen sagte Vati, sie holen ihn doch eher Anfang November und heute sagte Mama, sie holen Robin wahrscheinlich schon übernächstes Wochenende. Mama und Vati meinten, immer wenn ich daran denke, wie arg es ohne ihn sein wird, soll ich gleich daran denken, wie schön er es dafür dort hat. Aber das geht nicht! Ich liebe ihn so sehr! Ich weiß nicht, was ich ohne ihn tun soll – ich hab doch nur ihn!

Ich halte das nicht aus!

Es ist so schlimm! So als ob alles in mir zerreißt. Was soll ich denn ohne ihn tun? Wie soll ich das schaffen? Wer hört mir denn zu und tröstet mich? Ich hab doch nur ihn! Ich liebe ihn so sehr! Warum er? Warum gerade er? Warum?!!!

Es tut so weh! So wahnsinnig weh! Ich muss die ganze Zeit nur weinen. Ich kann keine Lieder mehr hören, weil ich so oft beim Spazieren mit Robin gesungen hab. Es sind so viele Erinnerungen – wenigstens bleiben mir die... Mama meinte „Schöne Tage – nicht weinen, weil sie vergangen, sondern lächeln, weil sie gewesen!" Aber das tut so weh!

Auch Natascha meinte am Telefon, dass mir wenigstens die Erinnerungen an Robin bleiben und ich ihn ja öfters mal besuchen könnte. Aber ich weiß nicht, ob ich das schaffe! Er wird mir so fehlen. Er fehlt mir jetzt schon so! Ich überlebe das nicht – er ist doch so lieb! Was soll er denn ohne mich tun? Und was soll ich ohne ihn tun? Oh Gott, ich brauch dich so!

Ich liebe ihn so sehr. Kann denn das keiner verstehen? Ich brauche ihn doch! Ich kann ohne ihn nicht leben! Er ist doch mein Ein und Alles! Es klingt sicher alles sehr egoistisch, aber... Ich bin nicht egoistisch. Ich wünsche ihm so sehr, dass er dort glücklich wird, wo er hinkommt. Viel glücklicher, als bei mir! Er soll es wunderschön haben und mich sofort vergessen – keine Ängste oder Sorgen...

Aber kann denn MICH keiner verstehen? Ich hab doch nur ihn! Sonst keinen!

Es war immer so schön mit ihm. Das Spielen und das Spazieren im Wald. Ich weiß es noch, als wäre es gestern. Es war so wunderschön... immer wenn die Sonne unterging. Oder im Schnee;

als er mit mir das erste Mal in seinem Leben in den Schnee stieg! Es hat ihm ja so gefallen – wie er umherhüpfte! Wie ein kleines Kind, das nichts Schlechtes auf der Welt kennt!

Ich liebe ihn so sehr! Ich kann ohne ihn nicht leben!

Das tut so weh! Das tut so schrecklich weh! Die Erinnerungen tun so weh! Diese schönen Erinnerungen...

Was ist, wenn ich etwas davon vergesse?! Wenn ich vergesse, wie er mich mit seinen lieben dunklen Augen verständnisvoll angeschaut hat? Oder wenn ich vergesse, wie er mich auf so einmalige Weise fragend anblinzelte, weil ich ihn vielleicht mal geschimpft hab, oder weil ich heulend vor ihm in der Wiese saß?

So viele Fragen und Erinnerungen. Warum wird er mir weggenommen? WARUM? Das geht doch nicht! Das darf nicht sein! Sie können ihn mir doch nicht einfach wegnehmen! Das dürfen sie nicht – ich brauche ihn doch! Ohne ihn kann ich nicht leben!

Was soll ich denn tun? Ich werde das nicht einfach wegstecken können. Das geht nicht. Er ist so lieb! Ich werde ihn nie vergessen! Er war immer so lieb zu mir! Er hat mich so lieb auf den Händen abgeleckt – aber wie? So, als würde er sagen „Mach dir keine Sorgen, es wird alles wieder gut! Ich hab dich lieb!"

Ich halt's nicht aus!

Tagebuch, 30.10.1995

Vorgestern wurde Robin geholt. Es war so arg... Um 9 kamen die Leute und ich ging noch mal in den Garten zu Robin und redete noch die letzten Worte und weinte an seinem Hals. Oh Gott, wie er mich ansah! Ich kann die Trennung und den Abschied nicht aufschreiben, sonst bricht mir das Herz. Oh Gott, mir ist schlecht.

Vorgestern Nachmittag war Natascha bei mir, um mich abzulenken (meine Eltern haben sie angerufen, ohne dass ich etwas davon wusste...) und sie überredete mich sogar, auf Nacht mit ihr ins Kino zu gehen. Als ich danach wieder zu Hause war, war es so entsetzlich still. So...? Ich wartete die ganze Zeit darauf, dass Robin zum Gartenzaun springt und mich voll Freude anbellt, aber ich konnte nichts hören oder sehen. Ich höre auch jetzt nichts und das tut so entsetzlich weh! Ich fühle mich so leer, so allein, so verlassen... Ich hab ihn doch so lieb. Vorhin hab ich bei der Familie angerufen und nach Robin gefragt. Die Frau sagte, er ist ganz brav und sie waren schon viel spazieren.. Oh Gott, warum ist er nicht mehr da?! WARUM? Ich hab ihn doch so lieb! Ich liebe ihn so sehr! HILF MIR!

Maria lag am Boden in ihrem Zimmer. Sie vergrub den Kopf in ihren verschränkten Armen und versuchte sich darauf zu konzentrieren, nicht mehr weinen zu müssen. Es gelang ihr beinahe, als plötzlich ein schwermütiges Lied im Radio gespielt wurde, das sie sofort an Robin denken ließ. Leise liefen heiße Tränen über ihren Wangen und sie biss fest die Zähne zusammen, als ihr kleiner Bruder unerwartet ihr Zimmer betrat. „Du sollst nachher zum Abendessen kommen, hat Mama gesagt. Und sie will wissen, ob du schon gelernt hast.... Warum weinst du denn?" Sebastian sah sie mit großen ernsten Augen an und wartete auf eine Antwort. Maria rang nach Luft und versuchte, einen Satz zu beginnen, was ihr aber nicht gelang. „Sag schon, wieso weinst du denn? Hast du dir wehgetan? Mama hat sicher ein Pflaster!" „Nein, ich brauche kein Pflaster, ich bin traurig. Ich vermisse Robin so sehr.. Verstehst du, er ist weg! Einfach weg! Er fehlt mir so sehr!" Maria schluchzte laut in ihre Handflächen, die sie sich als Schutz vors Gesicht geschlagen hatte. Ihr Körper wurde von Weinkrämpfen geschüttelt und sie hatte das Gefühl, zu ersticken. „Sebastian! Komm sofort aus Maria's Zimmer!" Silke's Stimme hallte durch die Wohnung, Maria war davon überzeugt, dass ihre Mutter sicher alles mitangehört hatte und jeden Moment hereinkommen würde, um sie zu trösten. Sebastian verließ mit einem mitfühlenden Blick das Zimmer und Maria wartete sehnsüchtig auf Silke, die sie bestimmt gleich fest in ihre Arme nehmen würde. Das Mädchen weinte und weinte. Sie weinte und wartete. Minutenlang. Irgendwann hörte das Weinen von selbst auf, Silke war nicht gekommen.

Tagebuch, 04.12.1995
Mein Geburtstag war der schrecklichste Tag, seitdem Robin weg ist. Ich glaube, ich kann nie wieder einen Geburtstag in Freude ge-nießen... Auf Nacht hab ich für Robin ein Gedicht geschrieben, das ich auch hier hereinschreiben möchte:

WO BIST DU?
Ich lehnte mich an dich und weinte mich oft bei dir aus.
Du hast dich tröstend an mich geschmiegt.
Doch jetzt bist du weg...
Ich war oft traurig, du schautest mich an
und deine wunderschönen Augen sagten:
„Es wird alles wieder gut, ich bin doch da!"
Wer sagt es jetzt?

Ich verlor auch manchmal die Geduld und schimpfte.
Du sahst mich unschuldig und verwirrt an.
Wer wird mich jetzt so fragend ansehen,
wo du doch nicht mehr da bist?
Du bist mein Ein und Alles und das sagte ich dir oft.
Du hast mich angeschaut und deine dunklen Augen sagten:
„Ich hab dich lieb!"
Doch wer sagt es jetzt?
Nichts auf dieser großen Welt kann dich ersetzen!
Niemanden werde ich so lieben können, wie dich!
Du bist mein allergrößter Schatz und du bist weg.
Ich kann und werde es nie verstehen.
Mir wurde das Schönste, Beste und Liebste,
das es für mich gab auf dieser Erde, genommen.
Das bist du!
Was hat das Leben für einen Sinn ohne dich?
Was soll ich tun?
Soll ich um dich weinen oder mich für dich freuen?
Ich versuche, nur an das Gute zu denken, aber was ist,
wenn du auch weinst, tief drinnen in deinem Herzen...
so wie ich?
Doch ich finde auf all meine Fragen keine Antworten.
Auch dich kann ich nicht fragen, denn du bist nicht mehr da!

Vor einer Woche waren wir Robin besuchen. Es war wunderbar ihn zu sehen, aber es tat so schrecklich weh! Er hat mich gleich erkannt und zu winseln begonnen, bis er endlich zu mir hüpfen und mich ablecken konnte... Oh Gott! Schließlich schenkten mir die Leute sogar was für meinen Geburtstag. Als ich das Geschenk zu Hause öffnete, war ein schöner gläserner Hund drinnen – er sieht aus wie Robin :o(
Er fehlt mir so sehr!

Die Tage verstrichen. Maria schrieb immer seltener in ihr Tagebuch. Sie hatte immer viel zu sehr Angst, wieder furchtbare Weinkrämpfe zu erleiden, wenn sie sich in der Stille zurückzog, um in den Zeilen ihr Herz auszuschütten.
Weihnachten kam und obwohl Maria bereits im Vorfeld dachte, sie würde diesen Anlass nicht ohne ihren Schatz überleben, wurde es doch wider Erwartungen ein schöner Tag.

Abends im Bett konnte sie sich allerdings die Tränen nicht verkneifen und auch an Silvester, als alle fröhlich lachend auf der Straße feierten, erlitt sie bei den ersten Feuerwerksknallern beinahe einen Nervenzusammenbruch. Sie lag alleine auf der Couch im Wohnzimmer und konnte einfach nicht mehr aufhören zu weinen. Ihre Rettung war der Schlaf, der nach einer Stunde voller körperlicher und seelischer Qualen über ihren Körper hereinbrach, um ihr eine traumlose Nacht zu bescheren.

Maria wählte immer öfter den Weg, den sie schon manchmal als kleines Mädchen eingeschlagen hatte, nämlich den Weg des sich Verstellens. In der Schule gelang es ihr fast immer. Es gab einzelne Zwischenfälle, bei denen plötzlich der ganze seelische Schmerz über sie hereinbrach und sie hoffnungslos weinen musste. Ihre Mitschülerinnen trösteten sie, so gut es ging, allerdings bekamen sie von Maria niemals eine eindeutige Erklärung für ihre Weinkrämpfe. Auch zuhause versuchte sie, die Gedanken an ihren verlorenen Hund so weit es ging wegzuschieben. Silke und Hans merkten allerdings trotz allem, dass es ihrer Tochter nicht gut ging. Also fuhren sie mit Maria zu einer Bekannten, die ihre positiven und negativen Schwingungen auspendeln sollte, um ihr danach einige Bachblüten für ein besseres Wohlbefinden zusammenzumischen. Maria hielt nichts von dieser Art der Medizin und sie konnte es nicht fassen, dass ihre Eltern tatsächlich der Meinung waren, diese Tropfen könnten ihr auch nur irgendwie hilfreich sein. Sie war so fest von der Unwirksamkeit der Bachblüten überzeugt, dass sie ihr tatsächlich nicht halfen. Allerdings wollte Maria ihre Eltern in dem Glauben lassen, es würde ihr besser gehen und konzentrierte sich anstatt auf ihren Trauer darauf, ihrem Umfeld einen glücklichen Menschen vorzuspielen.

Tagebuch, 27.01.1996
In letzter Zeit muss ich wahnsinnig oft an Robin denken und es geht mir immer noch nicht besser. Ich bemühe mich so sehr, damit Vati und Mama denken, es geht mir gut, dass es sich so anfühlt, als wäre ich nur noch eine Hülle ohne Inhalt.
Am Freitag letzte Woche redeten wir in der Schule in Religion über Mädchen und Pubertät, Mutterinstinkt und innige Bindungen zu Tieren. Ich musste die ganze Zeit an Robin denken und als ich in der Pause danach auf dem Fensterbrett der Klasse saß, wollte ich am liebsten runterspringen...

Vor ein paar Tagen habe ich wieder ein Gedicht für Robin geschrieben. Die Worte sprudelten einfach nur so aus mir raus und ich will sie hier wieder festhalten:

VERZWEIFLUNG

Ich sitze an meinem Fenster und fühle mich einsam und verlassen.
Draußen ist es dunkel und alle schlafen zufrieden.
Doch mich plagen die Gedanken.
Die Gedanken an dich.
Ich denke darüber nach, wie es dir wohl gehen mag.
Ob ich dir fehle und ob du manchmal an mich denkst.
Ich möchte nicht, dass es dir so geht wie mir.
Wenn meine Tränen von den letzten Tagen und Wochen
gezählt würden, wäre man lange, lange Zeit beschäftigt.
Ich fühle mich so traurig, so verlassen und allein.
Ich versuche tagein, tagaus, meine Gefühle für dich zu verdrängen
und nicht an meine Sorgen zu denken.
Doch jetzt geht es nicht mehr.
Aus Angst, mein Herz würde zerspringen vor Kummer und Schmerz,
beginne ich hoffnungslos zu weinen.
Ich möchte nicht mehr leben, nur noch sterben!
Es hat alles keinen Sinn ohne dich.
In Gedanken verabschiede ich mich von dem Sternenhimmel über mir,
von der Sonne und dem Mond.
Ich denke an meine Eltern, meinen Bruder,
an Verwandte und Freunde.
Ob sie wohl um mich weinen würden?
Ich weiß es nicht.
Ich hoffe nur, dass sie bald vorbei ist.
Sie - die Zeit des Kummers und die Zeit,
in der ich so viel um dich weine.
Aber dann denke ich,
dass ich mein Leben nicht einfach wegwerfen darf,
wo es mir Gott doch geschenkt hat.
Plötzlich habe ich den Drang, laut in die Nacht hinauszuschreien,
um all die Sorgen loszuwerden.
Aber es hilft nicht.
Während eine Träne einsam meine Wange hinunterrollt,
frage ich mich nach dem Sinn des Lebens.
Es bringt doch nichts, wenn man sich auf nichts mehr freuen kann.

Es hat doch keinen Sinn zu leben, wenn man nur noch darauf hofft,
endlich einzuschlafen um nie mehr zu erwachen!
Da überkommt mich ein kalter Schauer und ich versuche,
meine Gedanken zu ordnen.
Ich beschließe zu schlafen und wenn Gott mein Flehen erhört,
muss ich morgen meine Augen nicht mehr öffnen.
Nie mehr...

Ein Monat später passierte es dann zum ersten Mal. Maria saß wieder einmal weinend an ihrem Schreibtisch und konnte die Welt nicht mehr verstehen. Doch diesmal war etwas anders. Diesmal war der Grund für ihre Tränen nicht die pure Trauer wegen dem Verlust ihres geliebten Tieres, sondern sie weinte, weil sie schlichtweg keine Kraft mehr hatte. Es ging ihr schlecht, sie fühlte sich elend und konnte ihre Gedanken nur noch darauf konzentrieren, wie furchtbar es für sie war, leben zu müssen. Maria glaubte zwar, dass ihre Traurigkeit bezüglich Robin ausschlaggebend für ihren psychischen Tiefpunkt war, doch in Wahrheit waren es ernsthafte Anzeichen ihrer Krankheit. Der Verlust ihres Hundes war wahrscheinlich der Auslöser – das Geschehnis, das den sprichwörtlichen Stein der Depression ins Rollen brachte. In Wahrheit schlummerte diese Krankheit schon seit Jahren in ihrer Seele, so als hätte sie nur darauf gewartet, durch ein furchtbares Erlebnis nun endlich an die Oberfläche schlüpfen zu dürfen. Für Maria blieb diese Tatsache vorerst jedoch noch verborgen – für sie schien Robin der Ursprung aller Tränen zu sein.

So saß sie nun an jenem Abend im Februar 1996 in ihrem Zimmer und schluchzte. Ihre Augen waren gerötet, ihr Gesicht verschwollen. Und dann, plötzlich, ohne vorheriges Nachdenken, schluckte sie den letzten weinenden Aufschrei hinunter und wurde völlig ruhig. Ihr Kopf schien sich abzuschalten, sie griff in die oberste Lade ihres Schreibtisches und griff zielsicher nach der spitzen scharfen Bastelschere. Sie öffnete sie und fuhr mit festem Griff entlang ihrer Innenseite des linken Unterarmes. Völlig nüchtern, beinahe etwas verärgert, musste sie feststellen, dass lediglich ein kleiner roter Kratzer auf ihrer Hand zu sehen war. Kein Schnitt, kein Blut, keine Hoffnung auf den Tod. Beherzt versuchte sie es erneut und drückte die Klinge der Schere noch fester in die Haut, während sie langsam über ihren Arm fuhr. Sie war beinahe stolz darauf, es „richtig" zu machen.

In einem Film hatte sie davon gehört, dass viele Menschen einen zum Scheitern verurteilten Selbstmordversuch machen, indem sie sich quer zu den Pulsadern das Handgelenk aufschneiden – es sei viel effektiver, der Linie entlang zu schneiden. So wie sie es gerade machte. Bei diesem ihrem zweiten Versuch, ritzte sie sich die Haut auf und kleine Tröpfchen von Blut kamen zum Vorschein. Es war mehr ein Kratzer als ein Schnitt und er war auch keine 4 Zentimeter lang, aber dennoch verspürte Maria einen Hauch von Erleichterung, als sie ihr Handgelenk betrachtete. Sie hatte keine Schmerzen, sie war nicht mehr traurig und weit entfernt von Kummer oder Tränen. Es war, als ob einem zu prall gefüllten Ballon nun endlich der Knopf gelockert worden war, um die Luft entweichen zu lassen. Ihr Kopf war leer, minutenlang. Dann wurde ihr plötzlich bewusst, was sie da eben getan hatte, oder versucht hatte zu tun und sie schämte sich für ihr Handeln. Ihr Herz klopfte, sie konnte kaum glauben, was eben geschehen war. Am liebsten hätte sie den Kratzer weggewischt, zum Verschwinden gebracht, aber da war er nun mal. Aber es war ja nur ein Kratzer, dachte sie dann bei sich und begann sich wieder zu beruhigen. Sie fühlte sich zwar so, als ob ihr nun jeder ansehen könnte, was sie getan hatte, doch sie wusste auch, dass der Kratzer leicht unter Ärmeln zu verstecken war und selbst wenn ihn jemand sehen würde, könnte man schnell eine kleine Ausrede erfinden. Außerdem war er sicherlich in ein paar Tagen verheilt.

So war es auch. Der kleine Kratzer verheilte und war schnell nicht mehr zu sehen. Allerdings war – zu Maria's anfänglicher Scham – bereits nach wenigen Tagen ein zweiter Kratzer daneben dazugekommen.

Tagebuch, 13.05.1996
Wieder mal, wie so oft in den letzten Wochen und Monaten, möchte ich einfach wegsterben. Wenn ich es mir jetzt gerade dennoch nicht so sehr wünsche wie sonst, aber ich möchte einfach endlich meine Ruhe haben. Aber es sind meine Familie und Freunde, alle meine Lieben, die mich an meinem Vorhaben zweifeln lassen. Wenn ich nicht genau wüsste, wie sehr sie darunter leiden würden, würde ich mich sofort umbringen. Aber vielleicht ist es auch irgendwie Angst. Aber Angst wovor? Ich freue mich auf den Tod. Ja, ich freue mich. Ich bin dann bei Gott und werde mich sicher und geborgen fühlen. Ja, ich freue mich und wovor sollte ich dann Angst haben?

Tja. Aber man weiß ja nie, was so kommen mag... Vielleicht... Ja, vielleicht schaffe ich es doch einmal.

Tagebuch, 14.05.1996
Ich bin schon wieder da. Weißt du, alles ist Scheiße. Wenn es so weitergeht, werde ich mich tatsächlich umbringen. Ich glaube, ich werde mal versuchen, einen Abschiedsbrief zu schreiben.

Abgesehen von ihrer psychischen Tiefsituation, die verblüffenderweise niemand in ihrer Familie oder in ihrem Freundeskreis ahnte, begann auch ihr Körper immer mehr Signale und Hilferufe an die Außenwelt zu senden. Maria's Knieprobleme ließen sich einfach nicht in den Griff bekommen, sie hatte nach wie vor oft starke Schmerzen und wurde von einer Untersuchung zur nächsten geschickt. Oft hatte sie das Gefühl, als ob ihre Eltern gar nicht mehr glaubten, dass sie tatsächlich solche Schmerzen hatte, weil sich nirgends ein nachweislicher Grund dafür herausstellte. Neben den Problemen mit ihrem Knie war Maria nun aber auch noch ständig krank. Angefangen von Schwindelanfällen, über Atembeschwerden und Kopfschmerzen bis hin zu Blasenentzündungen war ihr häufigstes Übel, warum sie zum Arzt musste, ständig wiederkehrende Magenprobleme. Oft konnte sie tagelang kaum etwas essen, oder aber sie übergab sich, ohne dass ihr davor eigentlich richtig übel war. Manchmal lag sie Nachts stundenlang wach, weil sie sich vor Schmerzen krümmte. Eine Magenspiegelung im Krankenhaus brachte auch kein Licht ins Dunkel – es blieb bei der Diagnose „chronische Magengastritis".
So ging es nicht nur psychisch, sondern auch körperlich steil bergab. Silke und Hans unterhielten sich das eine oder andere Mal über die momentane Gesundheit ihrer Tochter, doch die einzige Erklärung, die für die beiden plausibel war, war der Stress und die Anforderungen in der neuen Schule. Den Verlust von Robin schien Maria in ihren Augen zwar noch nicht völlig überwunden zu haben, allerdings machte sie in ihren Augen auch nicht den Anschein, als ob sie noch sehr schlimm darunter zu leiden hätte.

Tagebuch, 13.06.1996
In einigen Briefen an Inga machte ich einige indirekte Andeutungen, dass ich mich am liebsten umbringen würde. Ich verstehe mich nun so extrem gut mit ihr – es kommt mir oft vor, als könne sie meine Gedanken lesen und ich ihre – wie Seelenverwandte.

Ich habe das erste Mal in meinem Leben das Gefühl, als könne ich jemandem wirklich alles von mir anvertrauen. Und ja, ich würde es Inga auch sehr gerne erzählen. Ich glaube, sie ahnt etwas und ich wollte vor ein paar Tagen schon beinahe dieses Thema ansprechen, aber dann wollte ich doch nicht mehr darüber reden, weil ich selber ja manchmal plötzlich wieder anders denke. So wie jetzt gerade – ich will leben. Ja, momentan will ich leben. Aber ich weiß nicht, wie schnell sich das ändert.

Gestern Abend hätte ich mich beinahe bei Mama ausgeweint. In der letzten Zeit fühle ich mich daheim als wie den letzten Dreck behandelt und egal worum es geht, ich hab ständig das Gefühl, dass keiner für mich Zeit hat. OK, durch den Umzug vor drei Wochen stehen alle unter Stress, aber dennoch muss ja nicht jeder alles an mir auslassen. Naja, jedenfalls hab ich vor Mama angedeutet, dass ich auch nichts dafür kann, wenn allen die Arbeit über den Kopf wächst und sie hat gesagt, dass ihr das eh total leid tut. Ich war schon fast dazu geneigt, mich ein bisschen bei ihr auszusprechen, aber ich konnte es dann doch nicht. Ich bin schon viel zu sehr in meiner Rolle drin – alle denken, dass es mir fast richtig gut geht und keiner würde mir auch nur im Entferntesten zutrauen, dass ich eigentlich an Selbstmord denke. Ich glaube, meine Eltern wären sehr von mir enttäuscht, wenn sie so was ahnen würden...

Tagebuch, 25.06.1996
Alles geht mich schon wieder an! Mama war mal wieder total lästig zu mir – ok, sie hat sich auch wieder entschuldigt und ich verstehe auch, dass alle wegen dem Umzug ziemlich wenig Nerven haben, aber... Ich bin... ? Ich fühle mich wie der letzte Dreck! Ich fühle mich so allein! Scheiße! Dabei war ich in den letzten Tagen voll gut drauf und so. Wie schon lange nicht mehr! Scheiße!

Gestern war ich wieder mal im Krankenhaus und dort hat man mir gesagt, dass ich mich nun am Knie operieren lassen muss, weil sonst sowieso nichts besser wird. Mama war nicht so begeistert, weil sie meint, dass man mit 15 Jahren noch nicht operiert werden sollte wegen so was. Aber ich denke, die OP ist nicht so tragisch – ich muss nur 3 oder 4 Tage im Krankenhaus bleiben.

Ich hab einen riesengroßen Wunsch... ich wünsche mir nichts mehr auf der Welt: Ich will nie wieder aus der Narkose erwachen! Nie wieder! Niemals!

Ich mag nicht mehr. Und wenn ich nicht aus der Narkose erwache, ist es endlich vorbei... Endlich! Und außerdem brauche ich mich dann nicht doch noch selber umbringen...
Bitte! Ich will sterben! Ich will in den Himmel und meinen Frieden haben. Ich will einfach nicht mehr!

Tagebuch, 26.06.1996
Ich weiß nicht recht.. Es läuft gerade die sentimentale Musik von Kuschelrock 3, aber das ist es nicht, was mich so unbeschreiblich traurig macht.
Ich möchte echt nicht mehr leben. Ich will einfach nicht mehr. Es ist alles so beschissen. Ich habe vorhin in älteren Tagebüchern gelesen und bin draufgekommen, dass seit vorigem Herbst mein Leben total im Arsch ist. Es begann schon im September, als ich erfuhr, dass wir Robin weggeben müssen. Von da an wurde alles schlechter. Und als dann am 28. Oktober mein Schatz weg war, wollte ich sowieso am liebsten alles hinschmeißen. Irgendwie hab ich damals gedacht, dass es nicht mehr schlimmer werden kann und dass aber vielleicht doch die Zeit alle Wunden heilen kann, doch ich habe mich brutal geirrt. Es ist alles viel schlimmer geworden. Er fehlt mir so sehr und das macht mich kaputt. Ich war schon so oft bereit zu sterben, endlich wegzukommen von dem ganzen Kummer und Schmerz, doch ich hab es nie getan. Ich hab mich nicht umgebracht. Vielleicht, liebes Tagebuch, denkst du, ich hatte Angst davor. Und vielleicht hatte ich ja auch tatsächlich Angst, aber diese Angst war nicht groß genug. Sie war nie groß genug, um mich ganz von meinem Vorhaben abzubringen. Aber es war auch nicht die Angst vor dem Tod und seinen Konsequenzen für mich. Es war etwas anderes. Eine andere Angst.
Die Angst, dass alle anderen vielleicht sehr leiden wegen meinem Tod... dass sie vielleicht sehr traurig sind. Es ist die Angst, dass sie mir das vielleicht niemals verzeihen könnten...
Ich will nicht, dass meine Familie und alle, die ich lieb hab und gerne mag, traurig sind, weil ich tot bin. Ich könnte es nicht ertragen, ihnen bewusst Leid zuzufügen. Sicher, ich könnte mir auch sagen „Bring es hinter dich. Wenn du tot bist, kriegst du von all dem ja eh nichts mehr mit!", aber das kann ich nicht. Ich würde jetzt schon ewig Schuldgefühle haben und mir vorwerfen, wie egoistisch ich doch bin.

Aber genau darum will ich unbedingt nicht mehr aus der Narkose bei der Knie-OP erwachen. Ich glaube, das wäre für meine Eltern und meinen Bruder nicht so schlimm, als würde ich Selbstmord begehen.
Aber na ja. Irgendwie möchte ich so gerne mit jemandem über all das reden, doch ich kann nicht. Vielleicht wäre ja ein richtiger Psychiater nicht so übel. Ohne Scherz. Ich meine das ernst. Vielleicht würde mir das helfen, um nicht mehr so lebensmüde zu sein...

Bereits am nächsten Tag schrieb Maria in ihr Tagebuch, dass sie positiv denken möchte und sich mit ihren negativen Gefühlen einfach zusammenreißen muss. Sie nahm sich fest vor, mehr Sinn am Leben zu sehen und war tatsächlich positiv eingestellt. Sie konzentrierte sich darauf, trotz des neuen vergangenen Schuljahres den Kontakt zu Natascha aufrecht zu halten und verbrachte gleichzeitig auch sehr viel Zeit mit Inga. Das Verhältnis zwischen den Beiden wurde so vertraut, dass Maria eines Abends, als Inga bei ihr übernachtete, von ihren dunklen Gedanken und deren Auswirkungen erzählte. Es kostete sie sehr viel Überwindung und es dauerte beinahe eine Stunde, bis sie nach langem Herumdrücken endlich zur Sache kam und alles aussprach. Sie erzählte von ihren Ängsten und Sorgen, von dem Drang, endlich sterben zu wollen und gleichzeitig aber auch positiv denken zu wollen. Sie sprach von den Kratzern, die in letzter Zeit immer länger wurden und ihr auch langsam immer weniger das Gefühl der Erleichterung brachten. Inga war schockiert, einerseits weil es aufgrund der Thematik schockierend genug war und andrerseits, weil sie nie im Traum daran gedacht hatte, dass ihre Freundin ganz alleine und geheim eine derartige Bürde mit sich trug. Sie tröstete Maria, so gut sie konnte und sprach ihr auch Mut zu, doch mit ihren Eltern darüber zu reden. Aber Maria hatte nun schon so lange Zeit ihr glückliches Dasein vorgespielt, dass sie einfach nicht mehr aus dieser Rolle schlüpfen konnte. Sie fühlte sich schon viel zu sehr entfremdet ihren Eltern gegenüber und gleichzeitig gab sie ihnen die Schuld dafür, obwohl sie selber dafür verantwortlich war. Alle ihre Gefühle waren von dem Gedanken, einfach nicht mehr leben zu wollen und zu können, überschattet. Als es eines Nachts wieder einmal unerträglich zu sein schien, schlich Maria ins Badezimmer und nahm sich ihren Rasierer mit in ihr Zimmer. Sie legte ihn vor sich auf den Schreibtisch und starrte ihn minutenlang an. Sie dachte nichts Konkretes dabei, sie sah nur auf diese funkelnde blitzende Klinge.

Dann huschte ein kleines krankes Lächeln über ihr Gesicht – sie hatte sich doch tatsächlich gefragt, wie sie denn nun die Klinge herausbringen sollte, ohne die Plastikumrandung des Rasierers dabei kaputtzumachen. Als ob das nun wichtig wäre! Sie schüttelte in Gedanken den Kopf über diese kurze Überlegung und machte sich gleichzeitig daran, mit der Schere die Plastikumrandung aufzubrechen. Und dann hielt sie es plötzlich in der Hand – dieses kleine silbrige kalte messerscharfe Ding, dass ihr wie Gottes Geschenk vorkam, die Rettung aus ihrer Notlage. Sie betrachtete das Wunderwerk in ihrer offenen Hand, um es einen Augenblick später mit festem Griff langsam über den Unterarm gleiten zu lassen. Es war ein kaum spürbarer Druck, doch die Wirkung blieb dennoch nicht aus – sofort quollen kleine Bluttröpfchen aus dem feinen Schnitt. Er war nur klein und nicht tief, aber Maria musste beinahe entzückt feststellen, dass er sich um einiges besser anfühlte, als diese Scherenkratzer, die ihr nun nichtig und mickrig vorkamen. Der unbeschreibbare innerliche Druck war nun von ihr abgefallen, sie verspürte keinen Schmerz – keinen seelischen und auch keinen körperlichen. Sie war für einen Augenblick glücklich, dass sie nun dieses besondere Werkzeug für sich entdeckt hatte und gab sich genügsam damit zufrieden, einen schönen kleinen Schnitt auf der Linie ihrer Pulsader zu tragen. Im nächsten Moment wurde ihr allerdings bewusst, dass eben dieser kleine Schnitt doch etwas mehr blutete, als ein unscheinbarer Kratzer und beinahe hektisch suchte sie nach einem passendem Pflaster. Nicht aus Angst, vielleicht verbluten zu können, denn dazu fehlte wahrhaftig eine ganze Menge. Nein, sie hatte so wie damals, als sie sich zum ersten Mal mit einer Schere geschnitten hatte, plötzlich wieder dieses furchtbare Gefühl, dass es ihr irgendjemand ansehen könnte und daher musste dieser Schnitt sofort gut versteckt werden. Mit klopfendem Herzen sagte sie zu sich selbst, dass sie versuchen würde, so etwas wenn möglich nun doch nicht mehr zu machen. Es war schließlich sehr gefährlich und wenn sie etwas zu fest drücken und schneiden würde, könnte die Sache ja doch ernst werden. Sie nahm sich also vor, alles zu vergessen – sie war allerdings nicht in der Lage dazu, die Rasierklinge in den Mülleimer zu werfen, um sie nie mehr zu benützen. Sie legte sie ganz hinten in die unterste Lade des Schreibtisches, eingepackt in ein Päckchen Taschentücher und mit viel Kleberolle umwickelt und hoffte, dieses kleine Päckchen nie wieder auspacken zu müssen.

Tagebuch, 18.08.1996

Wieder mal einer der Abende, wo ich endlich Schluss machen will. Dabei hab ich nicht mal besondere Gründe...

Nachher kommt mein Onkel mit meinem Cousin und ich soll ihm etwas beim Computer erklären. Klar freu ich mich, dass sie kommen, aber ich habe gerade überhaupt keine Lust, mit scheinheilig vorgespielter Gute-Laune-Miene was beim PC zu machen. Ich hab Vati gesagt, dass mich das gerade nicht gefreut und daraufhin hat er mich gleich wieder angemeckert.

Und das war alles – ein kleiner Krach, der sofort vorbei war und ich will schon wieder nicht mehr leben. Ich verstehe das nicht! Warum ist das so? Kann ich nicht einfach sauer, beleidigt oder lästig, enttäuscht oder traurig sein? Das gibt's doch nicht!

In letzter Zeit hab ich immer öfter den Drang, alles zu sagen, mit irgendjemandem darüber zu reden. Ich hab es schon geschafft, Inga davon zu erzählen, aber ich habe Angst, dass sie recht von mir schockiert ist, wenn ich ihr in einer schlechten Stimmung in einem Brief schreibe, was gerade in mir vorgeht...

Irgendwie ist es schon sehr verwirrend. Ich meine, Natascha kenne ich nun schon so lange und kann es ihr dennoch nicht anvertrauen. Und Inga kenne ich jetzt ein Jahr, das mir wie eine Ewigkeit vorkommt und sie weiß als einzigster Mensch auf dieser Welt von meinem dunklen Geheimnis. Geheimnis... wie sich das anhört! Aber ich weiß ja nicht mal, wie ich es sonst bezeichnen sollte – es sind Stimmungen, Gedanken und Gefühle mit anschließenden dummen Taten, die zu nichts führen – wie soll man so was denn nennen?! Und dann sind meine Gefühle auch noch so wechselhaft – mal will ich nur TOD und dann wieder voll LEBEN. Warum ist das so bei mir?

Momentan ist es wieder so: wenn ich Tabletten vor mir hätte, würde ich nicht lange überlegen und sie schlucken. Vielleicht nur ein kurzes Zögern, doch dann würde mir wieder klar werden, dass so ein Leben einfach keinen Sinn mehr hat – wenn es überhaupt jemals einen hatte...

Ich will sterben. Oh ja, ich will! Ich will zu Gott. Ich möchte, dass er mich im Arm hält, mein Haar streichelt und mir gut zuredet. Ich weiß, wenn ich sterbe, dann geht es mir gut. Dann ist alles vorbei. Dann ist alles viel schöner.

Jetzt. Ja jetzt möchte ich sterben. Ich schließe die Augen und stelle mir vor, ich sei tot. Irgendwann würde man mich finden und um mich trauern. Nein! Nicht um mich als Mensch werden sie trauern.

Sie werden nicht trauern, weil ICH tot bin. Sie werden trauern, weil SIE SELBER etwas verloren haben, das sie geliebt haben, das ihnen wichtig war. Aber ich werde von oben herabsehen und ein Gefühl der Erlösung haben.
Und ich werde ihnen zulächeln und ich wüsste, dass ich das Richtige getan habe.

Maria's Gefühle waren für sie selber nicht nachzuvollziehen. Es gab Tage, da konnte sie aus tiefstem Herzen lachen und war sorgenfrei. Dann gab es diese Abende, an denen sie einfach nur sterben wollte. Sie fühlte sich so fehl am Platz und alles war so furchtbar anstrengend für sie. Im Selbstmord sah sie ihre Rettung. Manchmal war sie aber auch hin- und hergerissen, schrieb in Tagebüchern zwar von Selbstmord, aber erwähnte auch, dass sie so gerne mit jemandem darüber reden würde, damit es ihr endlich wieder besser ging. Und wieder an anderen Tagen, war sie so voller Hass auf die Welt und sich selber, dass sie sich ohne lange darüber nachzudenken wieder Schnitte zufügte. Die Rasierklinge hatte sie nach wenigen Wochen wieder aus der Lade hervorgeholt – sie hatte sie gebraucht, um sich etwas besser und erleichterter zu fühlen. Im Nachhinein hatte sie ihre Tat des öfteren bereut, aber es wurde allmählich „normal" und so verschwendete sie auch kaum noch einen Gedanken daran, ihre Schnitte verstecken zu müssen. Tatsächlich war es nur selten aufgefallen – manchmal hatte sie jemand angesprochen, ob sie sich denn wehgetan hätte, weil sie ein Pflaster auf dem Unterarm trug. Maria hatte in dieser Angelegenheit alle möglichen Geschichten und Erklärungen auf Lager – nur nicht die Wahrheit. Oft musste sie auch ihre Hand einbandagieren, weil sie zu Sehnenscheidenentzündungen neigte und da bot es sich gut an, den Verband einfach noch ein bisschen weiter nach oben zu wickeln. So merkte keiner etwas von den Verletzungen. Zum Glück waren die Schnitte vorerst auch nicht so tief dass Narben blieben und so verheilte alles immer wieder nach gewisser Zeit und keine Spuren blieben zurück. Zumindest keine sichtbaren.

Tagebuch, 10.10.1996
Scheiße! Es ist wieder mal so ein Augenblick, in dem mir bewusst wird, wie gerne ich sterben möchte. Ich kann und will einfach nicht mehr! Ich kann zwar nicht sagen, dass ich das Leben hasse, doch trotz

mancher wunderschöner Tage oder Stunden fühle ich mich einfach nicht wohl in meinem Leben. Es ist alles so beschissen! Ich muss momentan so oft an Robin denken. Da tut mir alles so verdammt weh. Ich habe echt keinen richtigen Lebenswillen mehr. Ich kann es noch so versuchen, aber es klappt einfach nicht. Vielleicht würde mir ein Psychiater helfen.. Auch wenn sich das blöd anhört, aber es ist halt so. Ich bin mir jetzt sicher: ich brauche Hilfe.
Manchmal bin ich so deprimiert, dass ich nur noch sterben will und manchmal bin ich anders deprimiert, so dass ich mich selber dafür verachte, weil ich andauernd was von sterben und umbringen jammere. Wie kann ich so was sagen? Ich verstehe mich selber nicht...

Im Dezember 1996 wurde Maria ein zweites Mal am Knie operiert und wieder blieb ihr Wunsch, nicht mehr aus der Narkose zu erwachen, unerfüllt.
Im darauffolgenden Jänner schien das Schicksal die Bahn zu ändern. Maria verbrachte den Abend nach längerer Zeit wieder einmal mit Natascha und die Beiden wollten sich ein bisschen in der Stadt amüsieren. Maria war seit kurzem 16 und hatte die offizielle Erlaubnis ihrer Eltern, nachts fortgehen zu dürfen, was sie eigentlich nur selten tat. Aber in der besagten Nacht war sie mit Natascha unterwegs und im Laufe des Abends lernte Maria Hannes kennen. Ohne es zu merken verliebte sie sich sofort in seine tiefblauen Augen und obwohl sie eigentlich nur ungern an ihre eigene Zukunft dachte, verspürte sie das erste Mal seit über einem Jahr einen kleinen Hoffnungsschimmer. Sie musste beinahe selber über ihre Naivität schmunzeln, aber als sie und Hannes sich noch in der selben Nacht bei einem verborgenem Schaufenster der Stadt vorsichtig küssten, brannte sich in ihr Herz ein außergewöhnliches Gefühl – ein Gefühl, das besagte, mit Hannes würde sie ihr Leben verbringen; entweder mit ihm oder mit keinem. Hannes streichelte ihr vorsichtig eine Haarsträne aus dem Gesicht und bei der zarten Berührung auf ihrer Wange, überschwemmte ein wohliger Schauer Maria's Körper. Eine wundervolle Wärme machte sich in ihr breit und sie wünschte sich, diese Nacht würde nie enden. Als sie zu Hause in ihrem Bett lag und sich vorstellte, wie sie sich auf den Anruf von Hannes freute und wie verzweifelt sie wäre, wenn dieser Anruf nicht kommen würde, wurde ihr langsam klar, dass sie sich Hals über Kopf in den jungen Mann verliebt hatte.

Silke und Hans fanden Hannes auf Anhieb sympathisch und Sebastian war sofort vernarrt in den 19jährigen, der nun immer so toll mit ihm Basketball spielte. Maria war unendlich glücklich und ihre Liebe schien von Tag zu Tag immer mehr zu wachsen. Es war beinahe, als hätten sich alle negativen Gedanken und Gefühle, die sie zuvor noch gehegt hatte, plötzlich in unbeschreibbare Liebe zu Hannes umgepolt worden. Tagelang fühlte sie sich wie in einem Traum und hatte richtig Angst, plötzlich daraus zu erwachen. Sie genoss dieses neu gewonnene Lebensgefühl – verliebt und glücklich, sorgenfrei und ohne Gedanken an den Tod. Sie wünschte, die Zeit würde stehenbleiben, so wie sie war. Aber es kam natürlich anders. Maria hatte bald einen „schlechten" Tag und stand somit schnell vor der Wahl – sie musste sich entscheiden, ob sie Hannes sofort in ihr Geheimnis einweihen sollte, um bei ihm so sein zu können, wie sie wirklich war, oder ob sie sich auch vor ihm verstellen sollte, um noch nichts von ihren Gedanken erzählen zu müssen. Sie entschied sich für die erste Variante und beichtete mit zittrigen Knien und vielen Tränen alles, was ihr auf dem Herzen lag. Es war ihr bewusst, welches Risiko sie einging. Hannes könnte darüber schockiert sein mit welch einer Verrückten er sich hier abgegeben hatte, und sie sofort verlassen. Aber er trug es mit Fassung und nahm sie einfach fest in die Arme. Maria musste fürchterlich weinen – warum, wusste sie selber nicht so genau, aber sie war unendlich froh, ihrem Geliebten alles über sich erzählt zu haben. Endlich hatte sie einen Menschen, bei dem sie immer so sein konnte, wie sie tatsächlich war. Inga wusste zwar auch über sie Bescheid, aber dennoch musste sie sich in ihrer Gegenwart meistens verstellen, da sie sich hauptsächlich in der Schule sahen und das war Grund genug. Niemand anderer sollte etwas von Maria's Problemen merken.

Anfang Februar unternahm ihre Schulklasse einen „Einkehrtag". Es sollte ein Tag in einem entfernten Gebäude mit den Religionslehrern werden, an dem das Hauptthema „Zeit" behandelt werden sollte. Es wurden Auflockerungsspiele gespielt und Diskussionen geführt und anschließend sollte nach gemeinsamer Jause auch noch dort übernachtet werden. Irgendwie ergab es sich, dass Maria und Inga Abends allein bei Kerzenschein in einem Zimmer saßen und sich über das Thema Freundschaft unterhielten. Plötzlich öffnete sich die Tür und der Religionslehrer der Beiden fragte, ob er sich ein bisschen mit ihnen unterhalten dürfe...

Tagebuch, 12.02.1997

... ...Er fragte, ob er leicht stört und wir sagten gleich nein. Er setzte sich zu uns auf den Boden und wir redeten über irgendwelche Sachen. Plötzlich meinte er, dass er schon länger das Gefühl hat, dass mit mir etwas nicht stimmt. Ich weiß gar nicht mehr, wie es dazu gekommen ist, aber ich hatte auf einmal das Gefühl, dass ich irrsinnig gerne mit ihm auf der Stelle darüber reden würde. Schließlich erzählte ich ihm alles – teils teils erzählte auch Inga, wenn ich nicht mehr konnte. Ich wollte eigentlich zuerst gar nicht allzu tief in die Sache reinreden, aber durch seine Art, das Gespräch zu lenken, hab ich doch alles genau beschrieben und er wusste, was Sache ist. Ich erzählte es ganz genau so, wie ich mich fühle: „Es ist so, als wenn ich in ein tiefes Loch gefallen wäre. Zuerst wollte ich echt sterben und ich fühlte mich wohl in dem Loch. Doch jetzt – nach einem Jahr – ist es so, dass ich wieder leben will. Ich will endlich wieder richtig leben, aber das geht irgendwie nicht mehr ordentlich. Ich sitze fest in dem Loch und rutsche langsam tiefer, obwohl ich dagegen ankämpfe. Dann ist auf einmal wieder etwas echt Tolles, Schönes, Aufbauendes. Eben etwas, das das Leben wieder lebenswert macht. Da geht es dann wieder ein Stück bergauf und plötzlich ist nur die kleinste Kleinigkeit und ich falle und falle und bin zu guter Letzt noch tiefer in das Loch gefallen, als zuvor."

Als ich das alles sagte, hab ich gemerkt, dass er mich wirklich ernst nimmt und er stellte auch seine Diagnose. Er sprach total ernst und sagte, dass es sich bei mir nicht um eine Kleinigkeit handelt, sondern um echte, tiefe und gefährliche Depressionen. Er betonte oft, dass man sich mit so was nicht spielen darf, weil das eine richtige Krankheit ist und sehr gefährlich noch dazu. Andauernd sagte er, dass ich unbedingt ärztliche Hilfe brauche. Darüber wurde dann auch lange geredet, weil ich nicht weiß, wie ich es meinen Eltern beibringen könnte. Er sagte, es sei sicher machbar, dass es beim ersten Mal geheim bleibt – er hat einen Bekannten, der Psychologe ist. Danach hat er versucht mich aufzubauen: „Schau Maria, du bist zu wertvoll, um alles hinzuschmeißen. Du hast doch noch gar nicht richtig gelebt, du hast noch so viel zu erleben. Wir werden dir alle helfen und pass auf, heuer wirst du einen wunderschönen Frühling erleben. Du wirst die Sonne aufgehen sehen, die schönen Blumen sehen können... Es kann alles wieder gutgemacht werden, nur muss man bald genug anfangen, denn umso länger man wartet, desto schlimmer wird es und desto schwieriger wird es, helfen zu können.

Und die Folgen davon... an die wollen wir gar nicht denken. Dazu bist du ein viel zu wertvoller Mensch!"

Dieses Gespräch hat mir so wahnsinnig viel geholfen. Ich hab eh irgendwann schon mal gesagt, dass ich wahnsinnig gerne mit jemandem darüber sprechen würde und jetzt bin ich unbeschreiblich froh und erleichtert darüber. Tja, jetzt stehe ich halt vor der Tatsache, dass ich Depressionen habe. Phu! Jetzt kann ich meinem „Geheimnis" wenigstens endlich einen Namen geben...

Tagebuch, 14.02.1997
Scheiße! Es war wieder mal soweit! Und diesmal tut mir die Hand richtig fies weh – Mist!

Tagebuch, 11.03.1997
Mit Hannes läuft alles total wunderbar! Wir lieben uns echt...
Leider geht's mir aber echt Scheiße! Überhaupt die letzten 14 Tage... Jeden Abend hab ich das entsetzliche Gefühl, dass ich nicht mehr WILL! Es ist wieder so wie ganz zu Beginn: ich kann und will nicht mehr kämpfen. Ich habe aufgegeben. Manchmal könnte ich schreien, weil es so weh tut. GEWEINT hab ich deswegen schon lange nicht mehr. Das ist wohl deshalb so, weil ich mich damit abgefunden hab.
Was ich aber echt nicht will, ist, dass immer zufällig in solchen schlechten Phasen Hannes bei mir ist und nachher tut mit das furchtbar leid. Aber wenn es so ist wie jetzt, ist es beinahe so, dass mein Gehirn aussetzt. Oft weiß ich nachher gar nicht mehr, was ich getan oder gesagt hab. Scheiße!
Ich glaube, ich werde verrückt...

Einige Tage verstrichen und nach mehreren Gesprächen mit ihrem Religionslehrer beschloss Maria eines Nachmittags, endlich diesen Psychologen anzurufen. Mit klopfendem Herzen wählte sie die Nummer, die sie auf einen kleinen Notizzettel gekritzelt hatte, doch noch vor dem ersten Klingeln legte sie wieder auf. Sie war hin- und hergerissen, wollte einerseits etwas an ihrem Leben verändern, andererseits hatte sie auch Angst vor allem Neuen. Die Vernunft siegte und sie versuchte es ein zweites Mal. Es klingelte einmal, zweimal, dreimal. Beinahe hätte sie wieder aufgelegt, als sich plötzlich eine sanfte Frauenstimme am anderen Ende der Leitung meldete und fragte, wie sie ihr denn helfen könne.

Maria war wie verzaubert. Im Hintergrund ihrer Gesprächspartnerin hörte man leise eine besinnliche Musik und die Stimme der Frau strahlte so eine Ruhe und Wärme aus, dass Maria für den Bruchteil einer Sekunde dachte, sie hätte im wahrhaftigen Himmel angerufen. Ihr wurde ein freier Termin bekanntgegeben – schon in einer Woche durfte sie kommen, um mit dem empfohlenen Herrn zu sprechen. Als Maria ihr Telefonat beendet hatte, blieb sie zuerst völlig erleichtert in ihrem Sessel sitzen. Doch schon Sekunden später wurde ihr schlagartig die Konsequenz dieser Terminvergabe bewusst – es versetzte ihr beinahe einen Hieb: was sollte sie nur machen, wenn der Psychologe Geld von ihr verlangte, das sie nicht hatte? Musste sie dann ihren Eltern Bescheid sagen? Nein, im schlimmsten Fall würde sie sich von allen Freunden unter einem anderen Vorwand Geld leihen, aber ihre Eltern dürften auf keinen Fall etwas davon wissen. Es war einerseits das Vertrauen, dass sie ihnen gegenüber nicht mehr hatte. Sie hatte sich durch ihr eigenes Verschulden zu sehr von ihnen entfernt und war nicht fähig, diese aufgebaute Mauer ihnen gegenüber einzureißen. Außerdem wollte sie Silke und Hans aus dem puren Grund der Elternliebe nicht zumuten, dass sie von dem Zustand ihrer Tochter erfuhren. Sie würden sich bestimmt große Sorgen machen, vielleicht sogar Selbstvorwürfe. Derartige Ängste wollte Maria wirklich nicht hervorrufen. Zusätzlich bestand auch immer noch die Gefahr, dass ihre Eltern womöglich von Maria enttäuscht waren, weil diese ihnen nicht schon früher von ihren Problemen erzählt hatte. Für das Mädchen stand also fest, dass sie ohne das Wissen ihrer Eltern zu dem Psychologen gehen würde. Alles würde gut werden!
Eine Woche später war ihr Optimismus über die Geheimhaltung ihres Problems dahingeschmolzen. Sie war am Nachmittag direkt von der Schule zu dem Psychologen gefahren und hatte ihm mehr oder weniger freiwillig ihre Geschichte erzählt. Sie fühlte sich eigentlich ganz ok dabei, bis er ihr mitteilte, dass er bei der nächsten Sitzung unbedingt auch mit ihren Eltern sprechen wolle, weil die Einnahme von Antidepressiva unvermeidbar war und er ihr diese Tabletten aber nur unter vorheriger Absprache mit den Eltern verschreiben könne oder wolle. Maria saß also daheim an ihrem Schreibtisch und rieb sich verzweifelt die Schläfen. Was sollte sie nur machen? Sollte sie einfach nicht mehr zu dem Psychologen gehen? Aber dann war die Chance auf eine Verbesserung ihrer Gefühlswelt nicht sehr groß. Konnte sie es alleine denn nicht schaffen? Völlig überfordert rief sie bei Hannes an. Er sprach ihr Mut zu und gab ihr Hoffnung auf bessere Zeiten.

„Du schaffst es, vertrau mir! Sag ihnen alles, sie werden dich trotz allem lieb haben!" Maria war sich dessen aber trotzdem nicht sicher. Nach Stunden des Grübelns konnte sie kaum noch klar denken und war viel zu geschafft, um noch länger das Für und Wider abzuwägen. Mit zermartertem Gesicht ging sie zu Silke ins Wohnzimmer und nach langem Herumdrücken teilte sie ihrer Mutter mit, dass sie doch bitte in einer Woche mitkommen solle zum Psychologen. „Ja warum denn?" „Weil ich Depressionen habe." „Was?! Wer sagt das? Das gibt's ja gar nicht!" Silke konnte es nicht fassen, sie fiel aus allen Wolken. Sie war über die Worte ihrer Tochter so schockiert, dass sie begann, nervös im Raum hin- und herzulaufen, um dabei in aufgeregtem Ton auf ihre Tochter einzureden. Maria hätte sich doch bestimmt geirrt und ihre Gefühlsschwankungen würden sicherlich nur an der Pupertät liegen. Der Grund für die schlechte Stimmung könnte auch der Stress in der Schule sein und, nicht zu vergessen, die Verhütungspille, die sie seit kurzem einnahm. Sie hatte die verschiedensten Theorien und breitete diese beinahe hektisch vor Maria aus, die innerlich immer kleiner und kleiner wurde und sich wünschte, niemals eines dieser Worte zu ihrer Mutter gesagt zu haben. Sie hatte es ja gewusst – sie würde auf kein Verständnis treffen – geschweige denn, auf liebevollen Trost. Maria wartete eigentlich auf mütterliche Worte und eine ausgiebige Um- armung, vielleicht auch auf einen Mutzuspruch und die Vision einer besseren Zukunft. Die Reaktion ihrer Mutter konnte sie einfach nicht nachvollziehen. Doch Silke war tief erschüttert – viel zu schockiert, um einfühlsam auf ihre Tochter einzugehen. Sie machte sich selber große Vorwürfe, warum sie als Mutter nichts von diesen Problemen gemerkt hatte, gleichzeitig war sie bestürzt und voller Sorge, wie Maria doch wohl darunter leiden musste. Und nicht zuletzt grübelte sie über ihre eigene Stärke oder Schwäche, wie sie damit umgehen sollte, denn eine Frage drängte sich natürlich auch auf: Was würden wohl andere Leute dazu sagen?
Silke versuchte sich zu beruhigen, was ihr langsam gelang. Sie wollte mehr darüber wissen – wie es Maria jetzt geht und wie es ist, wenn es ihr schlecht geht. Wann gehe es ihr schlecht und wie lange und aus welchem Anlass. Sie wollte Maria mit Fragen überhäufen, doch bekam nur noch knappe Antworten. Es war eindeutig, dass ihre Tochter nicht mehr darüber sprechen wollte. Sie hatte in dieser Angelegenheit versagt, hatte das Vertrauen ihrer Tochter verloren – sie hätte von Grund auf anders reagieren müssen.

Nun machte sie sich Vorwürfe, so unpassend auf das Geständnis ihrer Tochter reagiert zu haben und es tat ihr furchtbar leid. Doch es war nicht mehr zu ändern und so konnte sie nun nur noch ihr Bestes geben, um etwas einfühlsamer mit dieser Thematik umzugehen. Abends erzählte sie unter vier Augen ihrem Mann den Ablauf dieses aufwühlenden Nachmittags und er reagierte beinahe genauso, wie sie Stunden zuvor auch reagiert hatte. Nur war Maria nicht dabei anwesend. Hans und Silke redeten die halbe Nacht über ihre Tochter, ihr Problem und wie sie damit umgehen sollten. Sie hatten wohl von Depressionen gehört, so wie man von Aids oder Hepatitis oder Schizophrenie hört. Man weiß, dass es existiert, ist aber völlig überfordert, wenn es einen irgendwie persönlich betrifft. Die beiden versuchten nach wie vor fest daran zu glauben, dass alles ein böser Irrtum war und hofften darauf, dies bei dem anstehenden Besuch beim Psychologen bestätigt zu bekommen.

Tagebuch, 22.04.1997
Am Nachmittag kommt Hannes. Ich kann es gar nicht mehr erwarten, ihn zu sehen. Ich liebe ihn so sehr! Ich frage mich immer wieder, wie er es mit mir aushalten kann. Ich weiß nicht... Ich bin ihm so dankbar für alles, aber ich weiß bei Gott nicht, wie ich es ihm sagen oder zeigen soll... Wenn ich so über alles nachdenke, kommt es mir irgendwie vor wie im Traum. So viel Geduld, wie er für mich aufbringt... Ein echtes Wunder, dass er mich aushält und nicht schon längst verlassen hat. Oder besser gesagt, dass er mein Problem so verkraftet.
Ach Scheiße! Lassen wir das lieber. Reden wir lieber von was anderem. Ich liebe ihn sehr. Er ist soo lieb! Ich will ihn niemals verlieren und würde echt alles für ihn tun. Nur für ihn!

Der zweite Termin beim Psychologen verlief nicht sehr positiv für Maria. Sie fühlte sich unwohl. Der Herr musste sie gleich zu Beginn noch mal nach Namen und den Grund ihres Besuches fragen, bis es ihm wieder von selber einfiel und sie fühlte sich einfach nicht ernstgenommen. Ihren Eltern bestätigte der Psychologe die Krankheit und empfahl ihnen für Maria starke Tabletten. Und er forderte Silke und Hans auf, Maria oft spontan nach ihrer Stimmung zu fragen. Auf einer Skala von 1 bis 10, wobei 10 die Hochstimmung und 1 ein absolutes Gefühlstief anzeigen sollte, sollte Maria ihnen öfters eine Bewertung geben.

Ausgangspunkt des besagten Tages war Gefühlslage 3, also nicht sehr optimal, doch mit Hilfe der Tabletten sollte sich der Zustand rasch verbessern.

Maria nahm also ihre erste Tablette und vor ihr stand eine schlaflose Nacht. Sie konnte kein Auge zutun – sie war wohl müde, aber sie konnte dennoch nicht einschlafen. Am folgenden Tag war sie ziemlich müde und kaputt, aber sie fühlte sich bald überdreht und war überzeugt davon, in der kommenden Nacht dafür umso besser und tiefer zu schlafen. Doch auch die darauffolgende Nacht konnte sie einfach nicht schlafen. Die Stunden schienen sich endlos hinzuziehen und sie wollte nur noch weinen, weil sie mit den Nerven am Ende war. Schließlich erzählte sie am Morgen Silke davon und diese meinte dann, wenn Maria auch die nächste Nacht nicht schlafen könne, dann solle sie die Einnahme der Tabletten sofort stoppen. So nahm Maria dann am darauffolgenden Tag ihre Antidepressiva nicht mehr, weil sie auch die dritte Nacht nicht geschlafen hatte. Am Nachmittag lag sie auf ihrem Bett und wunderte sich darüber, wie sie überhaupt noch bei Verstand sein konnte, nach so einem Schlafentzug. Ja, also in dieser Hinsicht hatten ihr die Tabletten geholfen: sie war nicht depressiv, aber wohl nur aus dem einen Grund, weil sie viel zu müde dazu war. Das konnte ja nicht die Lösung des Problems sein!

Zwei Wochen später hatten sie wieder einen „Familientermin" beim Psychologen und Maria war es einfach leid! Sie hatte es satt, vor diesem Herrn und ihren Eltern ihre Gefühlswelt breittreten zu müssen, sie hatte es satt, in den Augen ihres Vaters die ständige Angst und gleichzeitig die Bestürztheit zu sehen und sie hatte das Gefühl satt, wie ein rohes Ei behandelt zu werden. So beschloss sie für sich, dass sie ihren Eltern vermitteln würde, dass es ihr schön langsam besser ginge. Beim Psychologen vereinbarten Silke und Hans, dass sie Maria nun länger beobachten würden und dass sie sich bei Verschlechterung ihres Zustandes wieder bei ihm melden würden. Auf der Heimfahrt fragte Hans seine Tochter, wie sie denn ihre jetzige Stimmung auf der Punkteskala einschätzen würde. „Ungefähr auf 5 oder so." meinte Maria und erhaschte im Rückspiegel des Autos den Blick, den ihre Eltern sich zuwarfen. Er schien zu sagen „Was? Erst 5? Noch immer nicht viel besser?" Maria wurde klar, dass ihre „Genesung" rascher vorangehen musste.

Schon einen Monat später waren Silke und Hans der Meinung, ihre Tochter habe die schlimme Zeit und ihre Krankheit überstanden.

Es wurde ihnen ja auch absolut glaubhaft vorgespielt – Maria beherrschte ihre Schauspielerei perfekt. Um nichts in der Welt wollte sie auch nur die kleinste Schwäche mehr vor ihren Eltern zeigen. Nicht noch einmal wollte sie wieder in diese furchtbare Situation kommen, wie zu der „Psychologen-Zeit". Nein, ihre Eltern sollten sich nicht um sie sorgen müssen und so war es besser, sie in dem Glauben leben zu lassen, dass es ihr gut gehen würde.

Genau das Gegenteil war jedoch der Fall.

Im beginnenden Herbst war Maria's Verfassung oft so schlecht, dass sie sich abends in Hannes' Armen fast bewusstlos weinte, weil sie einfach nicht mehr leben wollte. Es war dann oft so, als würde sich plötzlich ein gefährlicher Schalter in ihrem Gehirn umlegen – sie lag dann mit geschlossenen Augen am Bett und nahm ihren eigenen Körper, Hannes und alles Umgebende kaum mehr wahr. Sie war nicht mehr sie selbst, sie atmete dann nur noch sehr flach, so als fehlte ihr dazu die Kraft. Oft hatte sie auch sekundenlange Atempausen und spürte aber nur schwach, dass sie beinahe zu ersticken drohte. Hannes sprach beruhigend, tröstend, dann aber auch wieder laut und nervös auf sie ein, um sie endlich wieder zu ihrem vollen Bewusstsein zurückzuführen. Phasenweise hörte Maria seine Stimme nur wie aus weiter Entfernung, ohne die Worte zu verstehen. Oft hörte sie zwar die Worte, konnte aber in ihrem Geiste nichts damit anfangen, konnte sie nicht verwerten oder darauf reagieren. Und manchmal nahm sie auch gar nichts von Hannes' Bemühungen wahr. Er konnte sie schütteln, ihr Wasser ins Gesicht tropfen lassen, ja sogar mit ihr schreien – es war eine geistige und körperliche Ausnahmesituation, so wie eine selbst hervorgerufene Bewusstlosigkeit. Es war beinahe so, als übte Maria mit ihrem Körper das Sterben und „tot sein".

Diese Aussetzer dauerten oft eine Stunde oder länger und wenn Maria daraus „erwachte", dann nur aus Zufall und mit einem hysterischen Weinkrampf. Jedes Mal begann sie zu hyperventilieren – sie atmete im psychischen Stress zu tief und zu schnell ein, ohne genügend auszuatmen und hatte dabei dennoch das Gefühl, nicht genug Sauerstoff zu bekommen und rang nach mehr. Hannes war immer der Engel an ihrer Seite – er hatte eine ärztliche Ausbildung und verhalf ihr Erleichterung, indem er ihr einen kleinen Plastikbeutel über Mund und Nase hielt, was wiederum dazu führte, dass sich ihre Atmung wieder normalisierte. Wieder im vollem Besitz ihrer geistigen Fähigkeiten war Maria dann danach nicht nur körperlich am Ende, sondern auch noch unendlich traurig und unglücklich darüber, dass alles so war, wie es war. Sie schämte sich, in letzter Zeit solche „Aussetzer" zu haben, sie fragte sich, ob sie wohl schon an der Grenze zur Verrücktheit stand.

Tagebuch, 22.10.1997
Im Psychologieunterricht meinte die Professorin heute, dass Tagebuch-schreiben sehr gesund ist. Ich fragte sie nämlich, ob man denn irgendwie das Gehirn trainieren kann, damit man schöne Erinnerungen nicht so leicht vergisst. Sie meinte, das Beste ist, man schreibt die Erinnerungen auf, dann bleiben sie einem immer erhalten. Ich habe bei meiner Frage im Unterricht in erster Linie an die Erinnerungen an Robin gedacht. Ich hab schon öfter vorgehabt, Sachen hier aufzuschreiben, die mir mit Robin „passiert" sind und es ist auch sehr schön, sich beim Schreiben an all das zu erinnern, doch es tut so wahnsinnig weh! Noch immer bin ich nicht darüber hinweg. Am Dienstag sind es nun schon 2 lange furchtbare Jahre... Was habe ich in dieser Zeit bloß alles bei ihm versäumt?!
Er fehlt mir immer noch so dermaßen, dass es mir beinahe das Herz zerbricht. Ach, ich wünschte, ich könnte mich an seinen kuscheligen Hals schmiegen... Meine Gefühle sind so schwierig auszudrücken! Einerseits muss ich lächeln und mich überkommt ein warmes Gefühl der Liebe und Sicherheit, wenn ich mich an ihn erinnere. Doch andrerseits spüre ich, wie tief drin in mir alles weint, weil ein Stück meines Herzens mit ihm fortgegangen ist. Er ist irgendwie immer noch ein Teil meines Lebens. Ich weiß nicht, was ich jetzt denken soll. Soll ich mir weiterhin Gedanken über Robin machen oder soll ich von Hannes schreiben und davon, wie sehr ich ihn liebe und wie viel er mir bedeutet? Ich weiß es nicht. Ich könnte nur noch weinen.
Ungefähr die letzten 1 ½ Wochen geht es mir nun schon ununterbrochen so. Es ist derzeit alles so sinnlos! So derartig sinnlos! Obwohl ich andrerseits ja total verliebt in Hannes bin und mich so wohl mit ihm fühle. Darüber bin ich so glücklich..
Es ist in letzter Zeit so schwierig, mein inneres Ich zu finden. In meinem Zimmer schaut es extrem aus, wobei mir schon viele Leute gesagt haben, dass das eigene Zimmer das Spiegelbild der Seele ist. Ich weiß nicht, was ich denken und fühlen soll!
Die letzten Tage habe ich jeden Abend fürchterlich weinen müssen, auch manchmal tagsüber, wenn es keiner gemerkt hat.

Ich hab schon eine Tränensackentzündung, wobei Mama meint, ich hab das deshalb, weil ich so viel vor dem PC sitze. Naja..??

Ich komme zur Zeit absolut nicht mehr aus meinem Loch heraus. Das, und der viele Schulstress macht mich echt fertig.

Als es mir letztens wieder mal so richtig dreckig ging, war Hannes so lieb und verständnisvoll! Ich weiß nicht genau, was er alles gesagt hat, doch das gute Gefühl daran ist geblieben.

Oft hab ich mich echt dreckig gefühlt, wenn meine schlimmen „Aussetzer" vorbei waren, weil er mir oft damit gedroht hat, dass er es meinen Eltern sagen muss, weil das ja nicht gesund sein kann. Oder er hat mir in meiner geistigen Abwesenheit vorgeworfen, ich hab ihn nicht lieb, weil sonst würde ich schon längst wieder „zu ihm zurückkommen". Ich weiß, dass es für ihn furchtbar schwer sein muss. Deswegen habe ich auch immer irgendwie Schuldgefühle.

Wenn ich auch direkt in solchen Zuständen nicht auf seine Worte reagieren kann, so höre ich sie doch meistens, teils leise, teils etwas lauter und das frisst sich ganz tief in mir fest. Ich weiß nicht, was genau er letztes Mal alles gesagt hat, aber es war so angenehm und ich war so froh und glücklich. Ich war so erleichtert, danach wieder „bei ihm zu sein", weil ich solche Sehnsucht nach ihm und seiner Liebe hatte.

Ich bin ihm so dankbar für sein Verhalten, überhaupt, weil er gerade in den letzten Tagen, wo es mir so scheiße ging, immer so verständnisvoll war und so viel Rücksicht auf mich genommen hat.

Und trotzdem verstehe ich nicht, warum es mir noch immer nicht besser geht. Seinem Verhalten mir gegenüber zufolge, müsste ich eigentlich der glücklichste Mensch auf Erden sein... Ich hoffe, es ist bald so, denn ich halte das echt nicht mehr aus!

Tagebuch, 30.11.1997
Scheiße! Ich kann nicht mehr! Ich kann wirklich nicht mehr! Ich halte es hier nicht mehr aus! In diesem Zimmer, in dieser Wohnung, in diesem Leben und in diesem Körper!

Meine Hand tut weh. Sie brennt fürchterlich.

Scheißegal!

Hauptsache ist... Ich weiß es nicht mehr.

Mir ist heiß und kalt und am liebsten würde ich sterben. Einfach tot umfallen, nie wieder etwas hören, sehen, spüren.

Wie können Eltern so richtig böse zu ihren Kindern sein?! Die eigene Mutter wird zum ärgsten Feind, den man doch so sehr liebt!

Man will von ihr gehalten und getröstet, in den Arm genommen werden. Und sie schreit einen bloß an, wie rücksichtslos, launisch, respektlos und unzufrieden man ist. Ein undankbares Kind von dem man nichts haben kann. Ich will kein Mitleid, ich bemitleide mich auch nicht selbst. Ich wollte bloß ein bisschen Mitgefühl, Verständnis, vielleicht nur einen kleinen Teil ihrer mütterlichen Liebe. Aber sie empfindet wohl überhaupt nichts Gutes mehr für mich. Auch Vati sieht nur meine Fehler und schlechten Punkte. Ich kann mich entschuldigen, so oft ich will; er will es gar nicht hören. Was hab ich ihnen denn getan? Bin ich tatsächlich so ein schlechter, nichtsnutziger Mensch?

Mama sagt, ich binde mich zu sehr an Hannes. ... Vielleicht. Aber was soll ich denn machen? Ich liebe ihn schließlich. Ich brauche ihn. Scheiße, und Vati hat ja auch recht, wenn er sagt, ich habe keine Zeit für mich selbst. Aber was soll ich denn tun?

Ich weiß nicht ein, noch aus! Ich wünschte, ich wäre tot. Frei von dem Stress der Schule, frei von den Sorgen, von den vielen dummen Gedanken, die in meinem kranken Kopf herumschwirren. Ich kann kaum noch einen klaren Gedanken fassen, kaum noch einen vollständigen Satz bilden. Ich kann nicht mehr!

Ich weiß, wäre ich tot, würde ich Hannes verlieren und Inga und natürlich all die anderen, die ich lieb habe und die mir was bedeuten. Aber in einem Moment wie diesem will ich nur noch schlafen und nicht mehr erwachen. Da halte ich mich an der Hoffnung fest, dass ich alle einmal wieder im Himmel sehen werde... Aber kann ich mich darauf auch wirklich verlassen?

Meine Hand tut immer noch weh. Es ist richtig geschwollen.

Warum hab ich das getan? Warum? Was hat es mir gebracht? Sah ich irgendeinen Sinn darin? Es hat sich ja doch nichts geändert. Ich bin immer noch da.

Vielleicht – wenn alles ein klein wenig einfacher wäre – will ich auch noch länger hierbleiben. Aber alleine kann ich diese spontanen und dummen Gedanken und Gefühle nicht überwältigen. Und schon gar nicht an meinem 17. Geburtstag...

Tagebuch, 22.01.1998
Ach so ein Scheiß! Das kann man echt alles vergessen!
Die letzten paar Tage geht es mir echt so beschissen, dass es nicht mehr zum Aushalten ist! Ich fühle mich so Scheiße! Echt! Ich weiß einfach nicht mehr, was ich denken soll...

Ich weiß nicht, wo ich einen Sinn im Leben sehen soll. Ich meine...
ich denke eigentlich an gar keinen Sinn. Ich denke in Wahrheit gar
nicht darüber nach, weil ich so wahnsinnig verwirrt und traurig bin.
Eigentlich ist es mir heute ganz gut gegangen. Gestern war's ja so,
dass es mir in der Schule schon beschissen ging. Inga war nicht da und
ich hab ihr die ganze Zeit einen langen Brief über meine Gefühle und
Gedanken geschrieben. Heute in der Früh war es auch scheiße, aber
als ich Inga dann sah, war es plötzlich besser und ich hatte den
ganzen Tag über keinen „dummen" Gedanken. Doch jetzt hab ich
schon wieder so ein schlimmes Gefühl im Bauch und im Kopf.
Eigentlich überall... Es ist alles so schwierig! Oft frage ich mich, ob
es denn tatsächlich so sein muss, wie es ist. Ist es denn so
vorgeplant, dass ich das „durchmachen" muss? Ich glaube schon. Aber
was hat das denn für einen Sinn? War ich denn bisher so ein
schlechter Mensch, sodass ich das hier verdiene? Liebt Gott mich
nicht mehr?
Es deprimiert mich noch viel mehr, wenn ich mir vorstelle, dass es
einen Gott gibt, der mich vergessen hat.

In der kommenden Zeit war Maria wieder häufig beim Arzt. Sie musste
regelmäßig Blutabnehmen, da sie sich eine chronische Blasenentzündung zugezogen hatte. Manchmal war es ihr schon beinahe
bewusst, dass ihr Körper ihr Zeichen schickte, um ihr zu sagen, dass
ganz einiges nicht in Ordnung war. Doch sie wusste ja auch, dass sie
mit ihren Eltern niemals darüber reden konnte und somit verdrängte
sie die Zusammenhänge zwischen Psyche und Körper. Die Schmerzen,
die sie – abgesehen von ihrem Knie und ihren ewigen Magenpro-
blemen – hatte, machten es ihr natürlich noch etwas schwerer, vor
Silke und Hans die glückliche Tochter zu spielen. Vor allem hatte sie
immer häufiger das Gefühl, ihre Eltern würden ihre körperlichen
Probleme und Schmerzen nicht sehr ernst nehmen – warum auch?
Maria war doch ein glücklicher, verliebter Teenager, da passten
immer wieder aufkommende heftige körperliche Gebrechen doch
auch nicht ins Bild.
Mitte April musste Maria eine sehr schmerzhafte Blasenspiegelung
über sich ergehen lassen, doch kurze Zeit danach schien ihr Körper
seine Hilferufe einzubremsen und ihre Blasenentzündung klang
langsam aber doch endlich ab.

Tagebuch, 08.04.1998
Vorhin habe ich in älteren Tagebüchern geblättert, habe viele Geschichten, Gedanken und Gefühle über Robin gelesen und es hat mich tief getroffen, als ich las, wann ich das erste man den Wunsch äußerte, sterben zu wollen. Es war 1 Jahr, BEVOR Robin wegkam. Alleine bei der Vorstellung damals, ihn einmal zu verlieren, wollte ich nicht mehr leben.
Ich will endlich, dass dieser Alptraum ein Ende hat! Ich will normal leben, ohne immer wieder so schlimme und dumme Gedanken zu haben! Warum denke ich oft so dumm? Ich kann es nicht verstehen! Ich habe doch alles, was ich brauche. Ich habe eine gute Familie, einen wundervollen Freund, der mich liebt und den ich wahnsinnig liebe. Außerdem hab ich die beste Freundin, die man sich auf dieser Welt wünschen kann. Was fehlt mir also?
Robin? ... Ich werde damit leben müssen und ich muss akzeptieren, dass alles so ist, wie es ist. Aber es ist so schwer...
Ich wünsche mir so sehr, dass ich es mit Hannes' Hilfe schaffe! Wenn er mir noch weiterhelfen will...

Maria war positiv eingestellt. Dadurch, dass sie zur Zeit keine körperlichen Beschwerden mehr hatte, fühlte sie sich von Tag zu Tag wohler und war fest davon überzeugt, dass nun endlich alles gut werden würde. Sie genoss den Frühling und im Sommer schien alles so herrlich zu sein, dass sie davon überzeugt war, ihre Depressionen endgültig besiegt und überwunden zu haben. Sie verbrachte eine wunderschöne Zeit mit Hannes und während der Ferien traf sie sich oft mit Inga. Die beiden Mädchen kannten sich in- und auswendig und wussten über das gegenseitige Leben, die Höhen und Tiefen immer Bescheid. Maria schöpfte aus dieser Freundschaft sehr viel Kraft und verspürte in Inga's Gegenwart eine undefinierbare Verbundenheit. Oft mussten sie Dinge gar nicht erst aussprechen, um sie zu hören – sie sahen sich an und wussten, was der andere dachte. Es war einfach schön.
Auch mit Natascha traf sie sich wieder öfter, worüber Maria recht froh war. Während der Schulzeit glitten die beiden doch immer weiter auseinander – die Wege führten in verschiedene Richtungen. Und so freute sich Maria dann darüber, dass der Kontakt zu ihrer Freundin aus Kindeszeiten nicht völlig verlorengegangen war.

Dann kam der Herbst und Maria erwachte oft mit einem flauen Gefühl im Magen – eine unterdrückte Angst, die Depressionen könnten wieder zurückkommen. Und sie kamen. Zwar schlichen sie sich nur langsam wieder in ihr Leben, doch leider nicht weniger heftig, als im Frühling davor. Immer wieder kamen Tage, an denen Maria einfach nur den Gedanken an den Tod in ihrem Kopf hatte. Es war ihr alles egal, sie war nicht traurig oder depressiv. Nein, sie war richtig lebensmüde und wenn sie in der Mittagspause in der Stadt herumspazierte und nach Schulende zum Busbahnhof ging, um nachhause zu fahren, sah sie sich ganz bewusst nach hohen Mietshäusern oder anderen Gebäuden um und stellte sich vor, wie es wohl wäre, davon herunterzuspringen. Oft setzte sie sich auf eine Grünfläche oder Parkbank, rauchte die eine oder andere Zigarette und malte sich verschiedenste Szenarien aus, wie sie wohl ihrem Leben ein Ende setzen könnte. Das Rauchen hatte sie schon vor längerer Zeit begonnen. Hannes gefiel es nicht und ihren Eltern wollte Maria es gar nicht erst erzählen. Sie hatte Angst, dass ihre Eltern ein schlechtes Bild von ihr haben würden, wenn sie wüssten, dass sie rauchen würde. So begrenzte sich ihr „geheimes Hobby" auf die Schulzeit und zuhause merkte keiner etwas davon. Wenn sie dann abends oder nachts mit Hannes zusammenwar, rauchte sie auch nicht – ihm zuliebe. Das eine oder andere mal gab es auch Diskussionen darüber, weil Hannes als leidenschaftlicher Basketballspieler und überzeugter Sportler gegen das Rauchen war, aber Maria ging das Risiko kleinerer Streitereien ein und rauchte während der Schulzeit trotzdem.

An besagten Tagen der Tiefstimmung war es auch besonders gefährlich, wenn Maria nach der Schule alleine in ihrem Zimmer saß. Wenn Hannes nach der Arbeit zu ihr kam, war alles in Ordnung und Maria war gut abgelenkt, doch wenn er einmal länger arbeiten musste, war die Wahrscheinlichkeit sehr groß, dass sich das Mädchen wieder an den Unterarmen verletzte. Ihr Glück war, dass es zwar mit der Zeit schon viele Kratzer und Schnittchen gewesen waren, doch der Großteil davon verheilte spurlos, da nur ein kleiner Teil dieser Selbstverletzungen richtige tiefe Schnitte waren.

Dann wieder hatte Maria Tage dazwischen, an denen sie nicht wahrhaftig lebensmüde war, sondern sie ertrank förmlich in Selbstmitleid und war zutiefst traurig darüber, dass sie kein „normales" Leben hatte. Sie bemitleidete ihre Situation und sich selbst. Sie fühlte sich, als ob ihr jemand prophezeit hätte, dass sie nur noch wenige Tage zu leben hätte und dann aber endgültig sterben müsse und beweinte ihr Schicksal und das dazugehörende Gefühl. In diesen Tagen schien alles einfach so furchtbar schwierig und kräftezerrend zu sein. Maria kostete alles extrem viel Überwindung und Kraft und abends vergoss sie endlos viele Tränen.

Den Großteil der Zeit ging es Maria allerdings zum Glück noch ganz gut. Von einer Woche waren in Summe ungefähr ein bis zwei Tage richtig miserabel – ein ganz guter Schnitt, befand Maria.

Hannes bekam im Spätherbst eine eigene Wohnung und die beiden jungen Leute stürzten sich in die Arbeit des Renovierens und Einrichtens. Maria fühlte sich sofort wie zuhause und am liebsten wäre sie Hals über Kopf bei Hannes eingezogen, doch Silke und Hans erlaubten es nicht. Es war ihr zwar gestattet, am Wochenende bei ihm zu schlafen, doch während der Woche wollten ihre Eltern, dass sich Maria auf die Schule konzentrierte und zuhause schlief.

Der Winter kam und aus einer zuerst noch kleinen Eifersucht entwickelte sich ein riesengroßer Streit. Inga hatte in einem anderen Mädchen, das neu in die Klasse gekommen war, eine gute Freundin gefunden und da diese ganz in ihrer Nähe wohnte, gingen die Beiden nach kurzer Zeit nachts regelmäßig gemeinsam fort. Maria wollte es sich zuerst natürlich nicht eingestehen, dass sie einen leichten Anflug von Eifersucht verspürte, als die anderen beiden Mädchen in der Schule immer wieder von ihren gemeinsamen nächtlichen Touren erzählen und davon, wieviel Spaß sie denn nicht gemeinsam gehabt hätten. Maria wollte es um keinen Preis vor Inga zeigen, dass sie eifersüchtig war – einerseits, weil sie sich dafür schämte und andrerseits hatte sie Angst, Inga könnte sie vielleicht belächeln, wenn sie ihr davon erzählte. Maria versuchte, die zweite Freundschaft ihrer besten Freundin zu akzeptieren und gab sich in der Schule tolerant, doch tief in ihr verfestigte sich das Gefühl des Verrats und dass sie wohl Inga nun nicht mehr sehr wichtig war. Aus diesem Grund sprach sie immer weniger mit ihr über ihre eigenen Gefühle, Sorgen und Ängste und da Inga nicht mehr von selbst danach fragte, schien sich Maria darin bestätigt, dass sie ihre Freundin und Seelenverwandte wohl verloren hatte.

Aus einem nichtigen Gespräch entwickelte sich dann eines Tages zwischen Maria und Inga ein ziemlich heftiger Streit – es wurden gegenseitige Vorwürfe und Beschuldigungen gemacht, jeder wollte sich selber als die Unschuldige darstellen und doch war es Beiden bewusst, dass die Fehler auf beiden Seiten begangen worden waren. Nach einigen Tagen war Gras über die Sache gewachsen – die beiden Mädchen hatten noch einmal lange über die ganze Situation gesprochen und hatten beschlossen, alles zu vergessen. Nach Außen war die Freundschaft also wieder hergestellt, doch sie hatte einen heftigen Riss abbekommen und er würde noch lange Zeit in Anspruch nehmen, um wieder vollständig zu verheilen...

Tagebuch, 13.01.1999
Ich sitze gerade in der Schule – wir haben die erste Stunde frei.
Ich weiß nicht, was ich machen soll! Ich bin so deprimiert, dass ich gar nicht mehr weiß, was ich tun soll. Ich bin schon so aufgewacht. Scheiße!
Bitte hilf mir! Sag mir, was ich dagegen tun soll! Ich will mich nicht einfach so gehen lassen... Oder soll ich...? Ich wollte schon Hannes anrufen, aber das blöde Telefon nimmt mein Geld nicht an! Fuck!
Mit Inga will ich auch nicht reden – nein, ich will schon, aber irgendwie kann ich noch nicht... Der Streit ist noch so in meinem Kopf. Und das tut mir auch so leid, ich hab Inga so lieb – ich wünschte, das alles wäre nicht passiert!
Was soll ich nur tun? Was? Was verdammt?!?! Oh Gott, am liebsten würde ich nur noch weinen...

Tagebuch, 10.03.1999
Ich hab mir hier ein lustiges Bild eingeklebt – vielleicht verleiht es mir in traurigen Minuten fröhliche Gedanken und ich schreibe nicht so viele negative Dinge hier rein. Jaja, positiv denken... obwohl mir dazu eigentlich gerade nicht zumute ist... Aber ich weiß, dass ich stark bin. Ich kann dagegen ankämpfen, wenn ich nur motiviert genug bin und auch wirklich will. Und gerade jetzt bin ich es. Rede ich mir zumindest – wenigstens momentan noch nicht ganz so erfolglos – ein. Mhmmm, das Leben ist eigentlich schon ziemlich hart. Oder ich bin zu weich. Komm mir gefühlsmäßig wie Götterspeise vor. Hannes meint, ich hab keine Schuld für das alles. Gerade heute bei meiner Deutschschularbeit hab ich geschrieben, dass ich die Angewohnheit vieler Menschen, nach einem Unglück (es ging um das Lawinendrama in Galtür) immer einen Schuldigen zu suchen, nicht so ganz verstehen kann.

Und gerade eben habe ich mich selber ertappt, dass ich um keinen Schmarrn besser bin. Ich bin ja schließlich diejenige, die sich andauernd, ja um nicht zu sagen pausenlos, Vorwürfe macht, was ich wohl getan habe, um so bestraft zu werden. Hannes meint, es ist keine Strafe, es ist einfach meine Eigenschaft – eine Eigenschaft, die mir wohl Gott mitgegeben hat. Hmmm... Vielleicht hat er damit ja sogar recht, aber vollständig glauben kann ich es irgendwie immer noch nicht so recht. Aber wer weiß, vielleicht liegt es nur an meiner jeweiligen Verfassung und Stimmung, was ich nun glaube und was nicht. Ja, ganz bestimmt sogar.

Hmmm, ich weiß zwar absolut nicht, wie ich gerade jetzt auf das komme, aber ich hab mir gerade gedacht, wie schön es doch wäre, wenn mir Hannes wieder einmal einen Brief schreiben würde. Vorhin habe ich nämlich die kleine Mappe angesehen, in der ich all seine Briefchen und Nachrichten aufbewahre und als ich das alles las, spürte ich irgendwie, dass es mich direkt mit Wärme füllte. Dadurch hat sich ein großer Teil meines schlechten Gefühls beseitigt. Echt komisch... hätte ich das alles jetzt nicht aufgeschrieben, wäre es mir gar nicht bewusst geworden.

Hmmm, draußen ist es so schön. Es ist zwar schon stockdunkel, aber es riecht so wahnsinnig gut nach Frühling, Sonne und Leben. Es ist so wunderbar! Wie soll man da nur ans Sterben denken können... Unfassbar, wie sich meine seelische Stimmung in der Zeit weniger Minuten so drastisch ändert. Oh Mann! Heute lass ich mal wieder meine sentimentale und poetische Ader raushängen. Dabei kommt mir, dass es nun schon ewig lange her ist, seitdem ich das letzte Gedicht geschrieben habe. Wahrscheinlich sollte ich wieder mal eines schreiben... das fehlt mir richtig. Naja, wer weiß, wann es sich dann tatsächlich ergibt.

Ich möchte ein Vogel sein. Einfach wegfliegen, hinaus in den weiten dunklen Abendhimmel. Ich spüre die kühle, erfrischende Luft, spüre diese angenehme nächtliche Stille um mich herum. Alles scheint so friedlich und ruhig, doch wer weiß, in welchem Haus nicht jemand weint oder vor lauter Kummer und Sorgen nichts mehr mit seinem Leben anzufangen weiß...

Die Welt ist so groß, so verschieden und so unbegreiflich. Manchmal frage ich mich, warum sind wir diejenigen, die angeblich die Macht haben. Warum stehen die Tiere nicht über, sondern unter uns? Doch wahrscheinlich denken wir alle nur, wir sind höher gestellt als sie und in Wahrheit sind sie diejenigen, die weitaus intelligenter und vor allem zufriedener sind als wir.

Ach, ich sollte ein Buch schreiben – richtig erschreckend, was so ein kleines Hirn nicht alles von sich gibt...

Tagebuch, 11.03.1999
Ach Scheiße, was soll ich bloss tun? Es interessiert mich nicht, hier herinnen in der Schule zu sitzen, ich bin total deprimiert und würde am liebsten abhaun. Vorhin hab ich mir überlegt, ob man wohl sofort tot ist, wenn man vom Dach der Schule springt. Ich glaube, der Sprung vom Dach – so was würde ich dann doch lieber nicht tun. Ich glaube, ich hätte viel zu viel Angst, dass ich nicht sterbe, sondern womöglich überlebe und vielleicht querschnittsgelähmt bleibe. Das wäre schrecklich. Wenn so was passieren würde, gäbe es für mich wieder einen Grund mehr, um nicht weiterleben zu wollen. Naja, aber das sagt sich jetzt so leicht. Ich weiß, dass sich das schlimm anhört. Aber meine Gefühle ändern sich sowieso ständig und oft so schnell – da kann schon mal was rauskommen, was ich dann in Wahrheit gar nicht so meine oder es bereue, geschrieben zu haben.
Ach Scheiße! Ich halte das Gelabere hier echt nicht mehr aus! Ich will endlich meine Ruhe haben! Nichts hören, nichts sehen und nichts fühlen!
Verdammt, ich scheiß auf diese Welt, auf dieses Leben und auf alles andere rund um mich. Das alles ist so furchtbar sinnlos!
Ich will raus hier! Raus aus dieser scheiß Klasse, aus dieser scheiß Schule! Weg von hier! Weit weit weg! Wo ich meine Ruhe hab!
Verdammt, ich hasse mein Leben!!!
Was soll ich bloß tun? Ich bin so verzweifelt – was soll ich bloß machen? Wie soll ich mich verhalten?!
Ich möchte so gerne mit jemandem darüber reden. Dieses Problem erdrückt mich irgendwann. Es ist wirklich eine schwere Last. Das alles wird mir einfach zu viel! Ich halte das echt nicht mehr aus!

Tagebuch, 06.04.1999
Zur Zeit – also die letzten 2, 3 Tage – bin ich echt immer an der Grenze zum „Sinnlosen". Vor einigen Tagen gings mir auf Nacht echt beschissen. Einfach so. Direkt nach dem Kino mit Hannes. Ich wollte mich schon beinahe aufgeben – Hannes hat mir geholfen, so gut wie es ging, glaube ich.

Es ist so schwierig. Ich halte diese Phasen, Stimmungen oder wie immer man das auch nennt, echt nicht mehr aus. Ich glaube, ich bin mir sogar fast sicher, wenn ich mich jemals umbringen sollte, dann nicht aus lauter Frustration oder Sinnlosigkeit am Leben, sondern weil ich diese negativen Gefühle und Gedanken, meinem Leben endlich ein Ende setzen zu müssen, einfach nicht mehr ertragen kann. Es wäre zwar einerseits ein Aufgeben oder Nachgeben, aber andrerseits auch eine wahre Erlösung.

Ach, warum muss das alles so kommen? Ich verstehe das alles echt nicht mehr! Ich habs eigentlich noch nie verstanden... Von Anfang an nicht...

Tagebuch, 07.04.1999

Ach verdammte Scheiße! Mir geht's echt beschissen! Warum schon wieder? Zu Beginn der Ferien schien alles so leicht und schön zu sein. Da ging es mir wirklich schon besser... Und jetzt? Wenn ich so durch die Schulklasse schau, komm ich mir so verdammt fehl am Platz vor. Was tu ich hier? Hier an dieser beschissenen Schule in diesem beschissenem Leben? Ich hasse es! So sehr!

Um so öfter es mir so geht, umso stärker wird mein Drang, endlich alles zu beenden. Ich steh das nicht mehr durch und ich habs satt, immer diese Phasen durchzudrücken! Was tu ich überhaupt noch hier?!

Was ist eigentlich, wenn ich es tatsächlich tu? Was ist dann? Was versäume ich? Was entgeht mir?

Alles, was mich hält, ist Hannes. Inzwischen ist er tatsächlich der einzig wahre Grund, warum ich versuche, alles auszuhalten. Wenn ich an ihn denke, wird das Vorhaben, mich umzubringen, so schwer. Ich denke an seine blauen Augen, an seine wunderschönen blauen Augen... und an sein liebevolles, zärtliches Lächeln... und an seine starken Hände, die mich immer gut festhalten können...

Ich liebe ihn so sehr und es tut so wahnsinnig weh! Es ist beinahe wie ein Zwang, so als hätte mir jemand mein Todesurteil verkündet.

Ich frage mich, wie lange ich das alles noch überstehe, wie alt ich tatsächlich werde. Ich will nicht mein ganzes Leben so führen. Ich könnte ja nicht mal Kinder in die Welt setzen, das wäre viel zu verantwortungslos.

Ich hoffe darauf, dass beim nächsten Mal, wo es mir gut geht, keine schlechte Zeit mehr folgt. Dass es einfach vorbei ist und nie wieder kommt. Aber ob das denn wirklich so sein kann? Es ist höchst fraglich...

Manchmal frage ich mich, ob ich ohne den Auslöser durch Robin genauso wäre. Ob ein anderer Auslöser meiner Krankheit gekommen wäre? Oder ob sie einfach so über mich gekommen wäre, ohne Grund? Oder ob sie niemals gekommen wäre? Ich glaube, darauf wird mir nie jemand eine Antwort geben können.

Tagebuch, 08.04.1999
Ich fahre gerade mit dem Bus zur Schule. Gestern Abend hab ich wieder mal geweint. Wieder mal... Und es ist immer der selbe Grund.
Gestern Abend – ich wollte es nicht laut aussprechen – dachte ich mir das erste Mal „Warum kann er nicht einfach auch sterben...?"
Hannes.
Das alles hört sich bestimmt total verrückt an, doch wenn ich wüsste, dass er tot ist und nicht darunter leidet, wenn ich mich umbringen würde, dann würde ich keine Sekunde länger zögern. Ja, verrückt... aber... das kann einfach keiner verstehen, der nicht so fühlt oder so fühlen kann wie ich.
Es ist so verdammt schwer!
Ich weiß, Hannes versucht so gut er kann, mich zu verstehen, doch... man kann sich niemals in so eine Lage reinversetzen, wenn man nicht selber schon einmal so betroffen war. Das geht nicht – gerade nicht in diesem Fall.
Was soll ich denn bloß tun? Warum kann mir denn keiner sagen, was ich machen muss, damit das alles endlich aufhört?
Ich verstehe nicht, warum diese Gefühle mittlerweile immer stärker kommen und diese Phasen immer länger da sind.

Hannes ging mit Maria durch dick und dünn. Er stand ihr immer zur Seite und wusste bereits morgens, wenn sie erwachte und „Guten Morgen" sagte (sofern sie bei ihm in der Wohnung übernachten durfte), ob ihr Tag gut oder schlecht sein würde, und wenn er schlecht werden würde, hatte er sofort ein Gespür dafür, WIE schlecht er werden würde. Oft hatte Maria das Gefühl, dass er sich auch deswegen so sehr wünschte, Maria würde zu ihm ziehen dürfen, damit er sie noch mehr im Blickfeld hatte, wenn es ihr schlecht ging. Doch Silke und Hans – die natürlich diese Hintergründe nicht ahnten –

bestanden darauf, dass Maria frühestens nach Beendigung der Schule mit ihrem gesamten Hab und Gut bei ihm wohnen dürfe.

Selbstverständlich war es aber auch eine völlig „normale" zwischenmenschliche Beziehung, die Maria und Hannes miteinander führten – sie hatten auch partnerschaftliche Hoch's und Tief's miteinander. Während oder nach einem Konflikt benötigte Maria zwar sehr viel Zeit, um Hannes deutlich sagen zu können, was sie an ihm oder seinem Verhalten störte, doch das war einfach eine normale Eigenschaft, die sicherlich viele Menschen betrifft und nicht auf Depressionen zurückzuführen war. Allerdings bereitete Maria mit ihren immer häufiger vorkommenden Kurzschlussreaktionen Hannes des öfteren einige sorgende Kopfzerbrechen. So geschah es das eine oder andere Mal während oder nach einem Streit – der meistens auch völlig belanglos und absolut nicht als tragisch oder heftig einzustufen war – dass Maria hochsprang, wortlos die Wohnung verließ und mit ihrem Auto davonraste. Vielleicht durch ihre tiefe verworrene Gefühlswelt, die durch die Depressionen in ihr herrschte, bekam auch ihre Wut oft ein überhöhtes Maß und in voller Absicht stellte sie in diesen „Fluchtversuchen" auch noch ihr Handy ab. Sie wollte dann ganz bewusst, dass es Hannes leid tat und er sich Sorgen um sie machte. Und durch ihr abgeschaltetes Handy trugt sie dafür sicherlich genug bei und Hannes war nicht selten richtig verzweifelt und stellte sich die schlimmsten Szenarien vor. Doch genau in diesen kopflosen Fluchthandlungen war Maria eigentlich nie in der überzeugten Stimmung, sich das Leben zu nehmen. Meistens fuhr sie zu einem abgelegenen Feld am Rande eines Waldes, stellte den Motor ab und lauschte bei heruntergelassenem Fenster den Vögeln und Bienen, oder aber ihren Lieblingsliedern. Sie saß dann da, rauchte verwirrt und meist sehr traurig eine Zigarette nach der anderen und fragte sich – wie so oft – ernsthaft um den Sinn ihres Daseins. Irgendwann, manchmal erst nach mehreren Stunden, fiel es ihr plötzlich aus heiterem Himmel wie Schuppen von den Augen, dass sie so nicht weiterkommen würde und dass sie Hannes ja unendlich liebte. Also machte sie sich wieder auf den Weg zu ihm, um sich auszusprechen.

Bis auf einmal, als sie direkt nach ihrer „abgesessenen Flucht" zu sich nach Hause fuhr (der Streit mit Hannes hatte in seiner Wohnung stattgefunden) und sie sich den ganzen Tag nicht mehr bei Hannes meldete...

Tagebuch, 23.06.1999
Ich bin gerade in der Schule, es sind Spanisch-Prüfungen. Ich kann überhaupt nicht zuhören... Nachher machen wir wieder Stoff; ich weiß nicht, ob ich mich auch nur halbwegs konzentrieren kann.
Verdammt! Bin ich nun traurig? Bin ich deprimiert? Oder frustriert? Bin ich einfach nur lebensmüde, im wahrsten Sinne des Wortes? Ich weiß nicht... eher das Letztere.
Was hält mich hier? Warum gebe ich mich nicht endlich auf? Was ist es, das mich aufhält, den letzten Sprung zu schaffen? Hänge ich doch zu sehr am Leben oder bin ich doch zu feig, endlich durchzuführen, wonach ich mich so oft sehne? Wer soll mir meine Fragen beantworten?
Was ist es, was mich innerlich so derart manipuliert? Ich glaube nicht, dass es eine Art von Selbstmitleid ist, denn ich empfinde mich nicht als „arm" oder dergleichen. Nein, ich habe es einfach nur satt! Ich bin müde, unendlich müde. Ausgelaugt und kaputt. Es fehlt mir jegliche Energie... Lebensenergie. Es ist wirklich erstaunlich, wie sehr meine Kraft schwindet, wenn ich Hannes nicht mehr als meine Unterstützung habe. Er weiß gar nicht, wie sehr er mir Lebenskraft spendet. Nicht einmal ICH wusste, dass mein Leben tatsächlich so von ihm abhängig ist. Ich meine, ich spürte immer ganz genau, dass er dafür verantwortlich ist, dass ich mich immer wieder gezwungen habe, in meiner tiefsten Phase „die Augen zu öffnen". Für ihn...
Doch da wir uns bis jetzt eigentlich immer wieder nach einem Streit ausgesprochen und versöhnt haben, war mir nicht wirklich bewusst, wie es sich auf mich und meine Gefühle und meine Stimmung auswirkt, wenn der Streit im Raum bleibt; nicht ausgeredet wird und in meinem Inneren herumfrisst. Es entzieht mir alle meine positiven Gedanken und Gefühle. Ich bin leer, ausgelaugt und allein. Ich fühle mich überflüssig; ich bin es nicht wert, hier zu leben. Es ist vergeudete Zeit...
Jetzt ist gleich Pause. Ich muss raus!
Bin wieder da, jetzt ist Mathematik. Wir beginnen ein neues Kapitel – Zinseszinsrechnungen. Völlig uninteressant. Scheiße, tut mir der Kopf weh...
Was soll ich jetzt schreiben? Ich weiß es nicht. Würde ich das schreiben, was mich bewegt, was in mir vorgeht, würde ich mich pausenlos wiederholen. Es ist ja sowieso immer dasselbe... Es hat ja nicht mal mehr Sinn, hier alles aufzuschreiben. Wen interessiert's?!

Was würde ich doch alles dafür geben, endlich alles hinter mir lassen zu können. Doch ich habe nicht mal die Kraft, einen festen Entschluss zu fassen. Warum ist das alles so schwer und anstrengend? Warum kann Hannes nicht verstehen, wie ich mich fühle, wenn er einfach losredet – in seiner kurzzeitigen Wut oder Aufgebrachtheit bei einem Streit – ohne darüber nachzudenken, WAS er sagt und ob es mir vielleicht wehtun könnte?! Ich bin es leid, ihm andauernd vorzuhalten, vorher zu denken und erst dann zu reden. Er muss sich ja auch irgendwie verarscht vorkommen. Oder vielleicht meint er, ich sag das immer wieder nur deshalb, weil ich gar keinen tatsächlichen schwerwiegenden Grund habe, mich verletzt zu fühlen oder eingeschnappt zu sein. Ich glaube, er nimmt das nicht ernst. Ich sage ihm das schon so oft, dass er dem Ganzen wahrscheinlich keine Bedeutung mehr schenkt.

Ach, sag doch, was soll ich denken? Liebt er mich nicht mehr so wie früher? Wahrscheinlich... Vielleicht ist durch die lange Zeit, die wir jetzt schon zusammen sind, ein Teil seiner Liebe und ein Teil seines Verständnisses für mich geschrumpft??

Ich verstehe das nicht. Ich liebe ihn so sehr und ich brauche ihn so. Meine Liebe zu ihm ist auf jeden Fall nicht geschrumpft, sondern permanent gewachsen – ich denke, ich bin einfach total von ihm abhängig.. Ohne seine Hilfe und Unterstützung bringe ich es nicht fertig, weiterzuleben. Er spendet mir meine Lebenskraft und weiß es selber nicht mal. Das ist ja auch wahrscheinlich der Grund, warum ihm gar nicht bewusst ist, wie viel er in mir zerstört, wenn er mich mit Worten, die seiner Meinung nach „OK" oder normal sind, verletzt. Und ich bin anschließend echt nicht fähig dazu, ihm zu erklären, was genau mich nun eigentlich verletzt hat. Ich hau einfach ab, lass ihn sitzen... Dabei ist es ja eigentlich völlig normal, dass in einem Streit wohl Dinge gesagt werden, die dem anderen auch mal wehtun können. Aber ich bring das anscheinend echt nicht auf die Reihe. Es tut mir so leid. Ich bin echt ein Arsch. Ich muss nach der Schule sofort bei ihm anrufen!

Der Sommer ging vorbei und mit ihm einige Wochen, in denen es Maria tatsächlich etwas länger richtig gut ging. In den Ferien traf sie sich zwar kein einziges mal mit Inga, doch sie schrieben sich Briefe, um in der langen Pause zwischen Schulende und Schulneustart die Freundschaft nicht einschlafen zu lassen. Maria war glücklich, dass die Freundschaft mehr recht als schlecht wieder hergestellt war.

Sie fühlte sich in Inga's Gegenwart absolut wohl – sie war schließlich die Freundin, die sie in wichtigen Zeiten förmlich geprägt hatte. Allerdings hatte Maria seit dem großen Streit – an den sich keiner mehr so wirklich erinnern konnte – eine kleine innere Blockade und fühlte sich immer noch etwas gehemmt, wenn es um ihre dunklen Gefühle ging. Sie wollte wie früher mit Inga darüber sprechen, doch sie traute sich nicht mehr. Nur ansatzweise gab sie kurze und knappe Auskünfte, wenn Inga sich bei ihr um ihr Befinden erkundigte. Maria wollte das so gerne ändern, doch es ging einfach nicht und das bedauerte sie sehr. In ihren verworrenen Gedanken hatte sie sich gedacht, es wäre ein Schutz für sie und alle anderen, wenn sie nun tatsächlich wieder mit niemandem mehr über sich selbst sprechen würde. Sie vermied es sogar, mit Hannes viel darüber zu reden, denn sie befand, dass er schon mit ihren Gefühlsausbrüchen und anschließenden Taten genug am Hals hatte – mehr als genug, um genau zu sein.

Und doch kam dann plötzlich ein Tag, an dem sie nach längerem „Briefkontakt" auch einem anderen Mädchen in der Klasse von ihrem Geheimnis erzählte. Sie dachte kurzfristig, wenn sie es noch jemandem erzählen würde, wenn sie noch jemanden ins Vertrauen ziehen würde, dann würde es vielleicht besser gehen – sie wollte verzweifelt herausfinden, ob der Spruch „Geteiltes Leid ist halbes Leid" auch tiefgründige Wurzeln hatte. Es verschaffte ihr auch tatsächlich kurzfristige Erleichterung, doch sie war vielmehr deswegen froh, ihr Geheimnis jemand anderem preisgegeben zu haben, weil dieser jemand auch ein sehr tiefes privates Geheimnis mit sich herumtrug, von dem keiner oder nur wenige wussten. Maria war sehr bewegt und gleichzeitig geehrt, dass sie wohl von diesem Mädchen ebenso viel Vertrauen bekommen hatte, wie es umgekehrt der Fall war und sie tat alles daran, in Briefen oder Gesprächen mit Rat und Hilfe irgendwie zur Seite zu stehen.

Auszug aus einem Brief an eine „neue" besondere Freundin:
„ ... *Weißt du, unser Gespräch hat mich wahnsinnig berührt und du glaubst ja nicht, wie erleichtert ich war, als ich deine Reaktion gesehen hatte. Danke auch für deinen Brief – ich will nun versuchen, dir irgendwie alle deine Fragen zu beantworten, denn ich kann gut verstehen, dass du so gut wie nichts über Depressionen weißt. Ich weiß aber auch nicht, ob ich für die Allgemeinheit spreche; ich kann dir nur davon erzählen, wie es bei mir ist.*

Du hast mich gefragt, wie Hannes darauf reagiert hat, als ich ihm damals davon erzählt habe und ob er mich verstanden hat. Hmmm, ich weiß zwar nicht mehr genau, wie es dazu gekommen ist, jedenfalls bin ich eines Abends (ziemlich am Anfang unserer Beziehung), als er an meinem Bett saß, furchtbar in Tränen ausgebrochen und hab gesagt: „Du, ich muss dir was arges erzählen..." und dann hab ich ihm alles so mehr oder weniger gesagt. Bis ins Detail konnte ich bei unserem ersten Gespräch nicht gehen, weil ich nebenbei ja auch selber noch gar nicht genau wusste, was nun eigentlich schief läuft bei mir. Damals hatte ich meine Depressionen ca. 1 Jahr lang und bei weitem nicht so schlimm, wie sie sich dann die darauffolgende Zeit entwickelten (zusätzlich wusste ich zu dem Zeitpunkt auch noch nicht, dass das Depressionen waren). Er hat es eigentlich „gut" aufgenommen. Wie soll ich sagen... Ich weiß, dass er mich sicher nicht wirklich verstehen konnte, doch wie hätte er es auch sollen, wo ich es selber ja auch nicht verstand. Während der Zeit, wo ich dann meine Krankheit immer mehr „kennenlernte", mehr und mehr also darüber dazulernte, lernte er mit mir mit. Natürlich kann und konnte er nicht immer 100%ig meine Gefühle und Gedanken nachvollziehen, aber das kann ich gut verstehen, weil ich selber oft nicht schlau aus mir werde.
Weißt du, diese verschiedenen Phasen – oder wie könnte man noch dazu sagen.. Stadien?? – haben uns ziemlich zusammengebunden. Ein anderer hätte mich sicher sitzen gelassen, doch diese Geduld, die er in dieser Hinsicht für mich aufbringt, die ist wirklich einzigartig. Er hat sich wirklich schon viel mit mir mitgemacht. Es kam nicht nur einmal vor, dass ich – und das ist wirklich der absolute Tiefpunkt; so quasi die Grenze zwischen Leben und Tod – halb bewusstlos am Bett lag, völlig unansprechbar, wo er mit aller Kraft und allem Zureden darum gekämpft hat, dass ich nicht zu atmen aufhöre und die Augen wieder öffne. Bis jetzt hat er es immer wieder geschafft... Diese Prozedur dauert oft mehrere Stunden, doch im Nachhinein kann ich mich an nichts (oder fast nichts) mehr erinnern, ich verliere jegliches Zeitgefühl und meistens endet dieser Zustand mit einer Hyperventilation. Oft war er am Verzweifeln und wollte einen Arzt rufen, doch Gott sei Dank hat er es immer wieder so geschafft, mir das Leben quasi echt zu retten. Weißt du, das ist sehr schwierig zu erklären und ich glaube, nicht mal Hannes weiß so genau, was da in mir vorgeht. Da liege ich, fühle mich richtig schwebend und doch

auch furchtbar schwer, teilweise höre und spüre ich nichts, es ist nur ganz angenehm ruhig in mir. Und zwischendurch, ich glaube, wenn ich wieder zu denken anfange, kann ich Hannes sprechen hören und stehe immer im Zwiespalt, ob ich nun „zu ihm zurückkommen" oder in dieser anderen Situation bleiben soll. Und ich sag es ganz ehrlich – und auch Hannes weiß es – ich zwinge mich immer nur seinetwegen dazu, endlich wieder die Augen zu öffnen.

Ich glaube, das, was ich jetzt alles erzählt habe, wird sich sicherlich furchtbar und schockierend anhören und ich glaube, so ausführlich habe ich das noch niemandem erzählt.

Du fragtest nach meiner jetzigen Behandlung. Nein, ich bin seit meinem Negativ-Erlebnis mit diesem Psychologen vor einigen Jahren bei keinem mehr gewesen, obwohl ich genau weiß, dass das das Beste wäre. Gerade eben vor ein paar Tagen habe ich wieder mit Hannes darüber gesprochen und gesagt, dass ich mir, sollte ich nach der Schule bald arbeiten und wahrscheinlich auch bei ihm wohnen, dann bestimmt jemanden suchen werde, der mir hilft. Aber erstens wäre es mir momentan einfach zu viel, fixe Termine neben der Schule auszumachen, und zweitens (und hauptsächlich) geht es mir ja darum, dass meine Eltern nichts mitbekommen sollen. Du hast recht, wenn du sagst, dass das schlimm ist, nicht mit seinen Eltern über so etwas reden zu können. Glaube mir, ich bin selber deswegen oft nahe am Verzweifeln, weil so eine dicke Mauer zwischen uns ist. Ganz zu Beginn hab ich immer ihnen die Schuld gegeben (als ich noch sehr unter dem Verlust von Robin gelitten habe), doch in der Zwischenzeit habe ich erkannt, dass ich alleine Schuld an dieser Mauer bin und sie können nichts dafür. Und ich habe auch verstanden, dass die Sache mit meinem Hund nur der Auslöser war und dass diese Krankheit schon mein Leben lang in mir steckte. Früher war ich immerzu der Liebling meiner Eltern, ich war das aufgeweckte, immerzu lachende Mädchen. Doch ich kann mich erinnern, dass ich schon als Kind oft Abends im Bett geweint habe, vor lauter Traurigkeit.. und damals bestand dieses Gefühl darin, dass ich – eben wie ein Kind denkt – immer geglaubt hab, mich hat keiner lieb; keiner mag mich mehr.. und ich habe oft Nächte lang durchgeheult.

Weißt du, man kann schwer sagen, wann und warum ich solche Gefühlszustände habe. Außerdem gibt es da eben auch so verschiedene Phasen... Ich möchte versuchen, dir das näher zu erklären:

Es gibt Tage, da bin ich so, wie ich es früher war, so wie ich gerne sein möchte. Unbeschwert, sicherlich in einem bestimmtem Maße auch nachdenklich, aber trotzdem zu Scherzen aufgelegt und lebensfroh. Da liebe ich meinen schwarzen Humor und es geht mir gut.

Und dann gibt es eine Phase, in der bin ich fürchterlich deprimiert, sehe nur noch die schlimmen Seiten und es fehlt mir an jeglicher Lebensfreude. Ich bin dann immer am Überlegen, wo es mehr Pluspunkte gibt: am Leben oder am Tod. In dieser Zeit ist alles fürchterlich anstrengend, kräfteraubend und schwierig für mich. Da fühle ich mich furchtbar müde und schlapp, einfach richtig lebensmüde.

Dann gibt es Tage, da bin ich so extrem drauf (meist sind es die Tage vor so einem Zusammenbruch, wie ich dir zu Beginn erzählt habe) - da überlege ich nur eiskalt, wie ich meinem Leben am Besten ein Ende setzen könnte. Da interessiert mich absolut nichts mehr, es geht alles an mir vorbei, ich empfinde keine Trauer oder kein schreckliches sinnloses Gefühl, wie bei der zuerst genannten Phase. Es ist echt arg... schwer zu sagen. Ich erinnere mich an Tage, an denen ich Abends nicht mehr wusste, was ich tagsüber getan hab, was in der Schule war, geschweige denn, wie ich zum Busbahnhof gekommen bin. Ich weiß sehr genau, dass diese Phase, die Gott sei Dank doch am Seltesten da ist, die gefährlichste ist. Für mich am gefährlichsten, weil ich da tatsächlich unberechenbar bin. Nicht, wie man in Büchern von Unberechenbaren liest, die jemand anderem was antun könnten, oder so... ich meine MIR gegenüber unberechenbar. An solchen schlimmen Tagen ist am besten jedes metallische Teil, das nur irgendwie eine Art von Klinge an sich hat, ausser meiner Reichweite...

Währenddessen gibt es noch eine dritte Phase, die nervlich belastendste für mich. Bei dieser Phase bin ich unendlich traurig über meinen Zustand. Das ist dann, wenn ich mich frage „Warum ich? Warum ausgerechnet ist?" Es ist ein ganz eigenartiges Gefühl: Stell dir vor, es sagt dir eine sichere Quelle, zum Beispiel dein Arzt, du musst nächste Woche sterben. Einfach so, niemand kann etwas dagegen tun, niemand kann dir helfen. Und du bist zutiefst traurig und willst es einfach nicht wahrhaben. Es macht dich unendlich fertig, weil du nichts dagegen tun kannst, wo du doch so viele Menschen hier auf Erden hast, die du so von ganzem Herzen liebst...

So fühle ich mich da. So, als hätte jemand mein Todesurteil ausgesprochen und ich WILL gar nicht sterben. Das ist auch sehr schlimm für mich, weil ich mich immerzu frage „Warum?". Sicherlich verfalle ich teilweise auch in tiefes Selbstmitleid, aber auch wenn ich mir das bewusst mache, geht es mir nicht besser.

Natürlich schreibe ich dir gerne öfter Briefe, wenn du möchtest, aber ich warne dich noch mal vor: natürlich hängt der Inhalt meiner Briefe stark von meinen Gedanken und meinem Befinden ab. Es wird also leicht sein können, dass ich in manchen Zeiten furchtbare Dinge von mir gebe... selbstzerstörerische, sinnlose... Doch du solltest immer daran denken, dass mein wahres ICH immer positiv sein will – doch leider kann ich nichts an mir und der Situation ändern. Und egal, in welcher Phase ich mich befinde – ich vertrete dann natürlich leider auch immer eine dementsprechende Meinung, von der ich dann nicht abzubringen bin. Darum wird es sehr schwierig für dich sein – wenn nicht unmöglich – mir irgendwie zu helfen.

Heute Nachmittag kam mir plötzlich ein leichtes Gefühl von Erleichterung und ich hoffe, ich hab mich nicht darin geirrt und es geht bald wieder bergauf mit mir. Weißt du, ich spüre zwar meistens einige Tage vorher, dass es mir bald schlecht gehen wird, aber ich kann nie sagen, wann es wieder aufhört. Ich weiß auch keine Gründe dafür. Es gibt eigentlich auch nur selten einen Auslöser – es kommt wann und wie es will. Manchmal kündigt es sich leise vorher an und dann wieder passiert es innerhalb von Minuten, dass mein Gemüt extrem umschlägt und ich kann nichts dagegen tun. Natürlich fällt das nie jemandem auf – nur Hannes, wenn er dabei ist...

Phu, war das jetzt viel an Info!

Ich bin so froh – ich danke dir so sehr für deine Hilfe, deine Aufmerksamkeit, für dein Zusprechen und dein Verständnis, für dein Vertrauen... für dich!

Deine Maria

Tagebuch, 29.08.1999

Ich glaube, es kommen wieder scheißschwierige, ekelhafte Zeiten auf mich zu. Ich sitze auf dem Balkon, es ist kalt und regnerisch. Der Regen ist schön anzusehen und mir ist dieses kalte Wetter zur Zeit lieber, als das schwüle Sommerwetter, das nicht weiß, ob es nun zum Sommer oder zum Herbst gehören soll. Doch mein Gefühl sagt mir, dass dieses Herbstwetter meine Stimmung schon wieder negativ angreift; es macht mich nachdenklich und schwermütig.

Ich hab mir eine kleine Kerze angezündet, damit sie mir etwas Licht und Wärme spendet. Jeden Moment könnte ein kleiner Windhauch sie ausblasen und ersticken. So wie die kleine Flamme dieser Kerze bei diesem Wetter, so gefährdet ist mein Gemüt, mein Leben...
Eine altbekannte Angst steigt in mir hoch. Ich liebe dieses Wetter doch so sehr... doch was kann es nicht alles anrichten und in mir zerstören..
Momentan steht die Flamme still. Sie hat festen Halt, wenn sie auch manchmal leicht zu flackern beginnt. Ich will auch diesen Halt... diesen festen Halt mit ganz normalen Hoch's und Tief's, wie sie jeder andere Mensch auch hat.
Ich habe Angst, dass dieser neue beginnende Herbst eine Wieder-holung des letzten Herbstes wird. Eine Spiegelung, nichts Neues, nur dass ich nun schon bald 19 werde.
Ich möchte mich im Griff haben, möchte ohne diese Sorgen, wieder „umzukippen", mein Leben leben... mit denen, die mir lieb sind... und mit denen, die mir etwas bedeuten. Ich will nicht das Sorgenkind für andere sein, das Mädchen, das in manchen Zeiten ihr Leben nicht im Griff hat, selbstzerstörerisch handelt und damit womöglich anderen sehr wehtut und sie belastet. Ich möchte mich nicht selber bemitleiden, doch mich belastet es – glaube ich – die meiste Zeit viel mehr, als zum Beispiel Hannes.
Sicher gibt es Zeiten, da ist mir alles egal und ich stehe vor dem tiefen Abgrund, bereit, mich hinunterzustürzen und von allem loszulassen, doch es ist nicht immer so.
Der Regen wird stärker und damit auch mein aufsteigendes Gefühl der Trauer und Sinnlosigkeit. Ich muss mich bemühen. Mich bemühen und zusammenreißen. Auch wenn ich weiß, dass es schwer wird diesmal.
Ich kann es schaffen, wenn ich genug Kraft sammle und mich bemühe...

Die Bemühung reichte zumindest aus, den Schnitt, der spät Nachts in ihrem Zimmer vollbracht wurde, nicht zu tief zu machen.

Tagebuch, 04.12.1999
Ich bin momentan so am Boden, dass ich am liebsten laut losweinen und schreien würde, damit es mir besser geht! Doch es würde ja doch nichts helfen.

Toll! Und gerade heute Abend sollte ich gut drauf sein und mich freuen, weil Hannes und ein paar unserer Freunde mit mir meinen Geburtstag nachfeiern wollen und noch dazu der ganze Abend eine Überraschung für mich sein soll.

Ich wusste doch, dass natürlich an so einem besonderem Tag was schieflaufen muss.

Ich weiß nicht genau, was mich nun tatsächlich so runtergezogen hat. Jetzt in diesem Augenblick will ich am liebsten nur meine Augen schließen und alles hinter mir lassen. Oft frage ich mich, warum ich immer noch keinen entgültigen Schlussstrich gezogen habe. Ich möchte... Ich will nicht, dass... Ach, ich weiß ja auch nicht. So viele unklare Gedanken und Gefühle.

Ich bin so von unendlicher Traurigkeit erfüllt und kann aber keine passende Erklärung dafür finden.

WIEDER EIN TAG

Wieder ein Tag. Und Kälte.
Die klirrendkalte Abendfinsternis hat das trübe Grau dieses
Dezembertages dunkel eingehüllt.
Der Atem hinterlässt rauchige Qualmspuren,
wie frischer Nebel im Morgengrauen.
Und diese Kälte!
Obwohl es hier – in geschützten Mauern des Hauses –
doch angenehm warm ist, fröstelt mich.
Während der kalte Schauer meinen Rücken hinabkriecht,
denke ich „Wieder ein Tag...“
Wieder Kälte und einsame Leere.
Wie verlassene, armselige Hütten, mitten auf den großen Wiesen,
eingehüllt in nächtlicher Stille.
Das Feuer im Ofen knistert ruhig und zufrieden vor sich hin
und frisst begierig das frische Holz.
Wieder ein Tag. Und Kälte.
Die kleinen Flammen am Adventkranz züngeln kaum sichtbar
hin und her.
Sie scheinen zu schlafen.
Doch vielleicht sind sie bloß zutiefst erfüllt von eisiger Kälte,
die sie einfrieren und beinahe regungslos zu scheinen vermag.
Würden sie denn voll feuriger Energie
das Wachs der Kerzen schmelzen lassen, so würde doch auch mein
Körper geborgene Wärme von ihnen empfangen.

Doch diese unbegreifliche Kälte!
Sie scheint spürbar im Raum zu stehen,
direkt hinter meinem Rücken.
Erfüllt von Angst und Verwirrung folg
ein unsicherer Blick durch den Raum.
Vergewisserung, alleine zu sein.
Wieder ein Tag. Und Kälte.
Minuten voll unerklärbarer Gedanken,
unterstützt und verstärkt durch beängstigende Totenstille.
Wann wird ER heimkommen?
Bejahende Worte um seines Verlassens Willen,
doch tief innen das unstillbare Verlangen, ihn nicht gehen zu lassen.
Ihn nicht gehen zu lassen,
um diese atemberaubende Leere nicht alleine verkraften zu müssen.
Gedanken, die das Herz weinen lassen.
Gedanken, die die Seele quälen und beinahe erdrücken.
Doch auch Gedanken,
die Mund und Lippen in Worten nicht zu sagen vermögen.
Wieder ein Tag!
Die Kälte lässt die ganze Welt einfrieren.
Bäume, Vögel, Menschen... kein Auto ist zu hören.
Wieviele werden wohl auch frieren?
Vor Kälte oder leerer Trauer?
Wieder ein Tag.
Wieviele Tage werden ihm folgen?
Wer besagt das Ende?
Wer gestattet, über das Ende einen Gedanken zu verlieren?
Nicht Selbstmitleid ist der Antreiber solcher Worte.
Tief in meinem Herzen
– wie ein verborgener Schatz –
liegt der Auslöser meiner Gedanken.
Doch wer vermag ihn zu finden?
Es tut weh. So weh.
Und es ist so kalt.
Wieder ein Tag.
Voll Qual.
Überwindung.
Schwindender Kraft.
Wieder ein Tag.
Und Kälte.

Tagebuch, 28.02.2000
Heute hat die Schule wieder begonnen. Mist!
Am liebsten würde ich nur schreien und weinen, obwohl ich sagen muss, dass es mir ja jetzt schon weitaus besser geht, als heute morgen...
Nächste Woche um die Zeit ist Hannes schon in Liechtenstein. Er hat dort ein wichtiges Seminar und eine Fortbildung und das wird 2 Wochen lang dauern.
Es erdrückt mich fast. Ich weiß nicht, wie ich das ohne ihn schaffen soll.
Oft denke ich mir, es muss für jeden anderen verrückt aussehen, wenn er hört und sieht, wie schlecht es mir geht, wenn Hannes nicht da ist. Keiner kann verstehen, warum das so ist... und ich kann es auch gar nicht erklären, weil ich sonst auffliege...
Ich hab Angst, dass ich ZU traurig werde, wenn er nicht da ist. Noch trauriger, als es jeder normale Mensch wird, wenn er die Person, die er am meisten liebt auf der Welt, nicht sehen oder spüren kann.
Hätte ich doch wenigstens nichts zu lernen in dieser Zeit; da hätte ich dann nicht auch noch den Druck und Zwang, etwas Positives in der Schule leisten zu müssen. Aber nein! Ich hab natürlich Spanisch-Schularbeit und Rechnungswesen-Test!
Ich will es mir echt nicht versauen, doch ich weiß ja jetzt schon, wie verdammt dreckig es mir gehen wird! Scheiße!
ICH HASSE MEIN LEBEN!
Warum muss es denn so sein?!
Warum kann ich nicht wie jeder andere normale Mensch NORMAL traurig sein, sondern falle immer wieder in mein altbekanntes tiefes, schwarzes Loch?!
Warum kann ich nicht weinen und normal deprimiert sein, ohne nicht auch noch gleich daran zu denken, mir den Arm zu zerschneiden?!
Ach, ich wünsche mir so sehr, dass diese zwei Wochen Fortbildung ganz ganz furchtbar schnell vergehen...
Ach Mist! Scheiße!
Ich glaube, ich schaffe es nicht!
Scheiße!
Aber ich hab Hannes versprochen, gut auf mich aufzupassen und immer verdammt gut zu überlegen, bevor ich etwas tu...
Ach verdammt! Ich weiß nicht, ob ich dem Ganzen standhalten kann!

Während Hannes' Abwesenheit ging es Maria sehr schlecht und in der Schule fehlte ihr einfach die Kraft dazu, sich zu verstellen. So war es für keinen zu übersehen, dass irgendetwas nicht mit ihr in Ordnung war. Maria sammelte ihre ganze Kraft nur dafür, dass ihre Eltern nichts mitbekamen und selbst das schien ihr so schwer zu fallen, dass sie sich immer sofort in ihrem Zimmer vergrub, wenn sie von der Schule nach Hause gekommen war.

Was die anderen in der Schule über sie dachten, war ihr völlig egal. Sie hatte tagtäglich damit zu kämpfen, sich nur darauf zu konzentrieren, sich nicht selbst zu verletzen und es fiel ihr schwerer denn je. Während des Unterrichts war sie zwar körperlich anwesend, doch sie nahm nichts vom Schulstoff wahr. Während der wichtigen Spanisch-Schularbeit saß sie auf ihrem Platz und starrte minutenlang auf die Angabenzettel. Sie konnte kein einziges Wort verstehen – sie las zwar, oder versuchte es zumindest, doch die Buchstaben tanzten vor ihren Augen auf und ab und konnten ihre Gedanken einfach nicht erreichen. Von einer Sekunde zur anderen wurde ihr innerer Drang, lauthals losschreien zu müssen, so unerträglich groß, dass sie einfach aufsprang und ohne ein Wort des Entschuldigens einfach die Klasse verließ. Ihre Professorin sah ihr verblüfft und ungläubig nach und war von ihrer Flucht so überrascht, dass sie selber kein Wort zu sagen wusste. Maria war es aber sowieso egal – hätte auch nur irgendjemand etwas zu ihr gesagt – sie hätte es nicht gehört und wäre einfach weitergegangen. Sie ging hinaus in den Vorhof der Schule, setzte sich auf eine Bank und rauchte in völliger geistiger Abwesenheit eine Zigarette nach der anderen. Sie fühlte förmlich, wie dramatisch ihr Zustand war. Einerseits hatte sie das Bedürfnis hysterisch zu lachen, weil sie glaubte, verrückt zu werden, genau in diesem Moment – andrerseits war sie regelrecht panisch und fühlte sich wie ein wildes Tier in einem viel zu kleinen Käfig.

Ihre Mitschülerinnen, von denen üblicherweise der Großteil sofort nach dem Grund ihres Verlassens gefragt hätte – sei es nun aus Gründen der Neugierde oder des aufrichtigen Mitgefühls – ließen sich eigenartigerweise in der Pause nicht am „inoffiziellen Raucherhof" blicken. Es war beinahe so, als war irgendwie allen – Schülern und auch der Professorin – klar, dass es sich bei Maria's Szenarium um irgendetwas Außergewöhnliches handeln musste. Instinktiv hatten die Meisten plötzlich große Scheu, nach dem Warum zu fragen, so als ahnte man unausgesprochen, dass man die Antwort in Wahrheit gar nicht wirklich hören wollte – aus Angst, nicht damit umgehen zu können. Nur eine Schülerin fand den „Mut" – sie war schon immer ein spezieller Charakter gewesen und rieb sich förmlich gerne gegen den Strom der Allgemeinheit. Maria allerdings kam sehr gut mit ihr zurecht und mochte sie auch sehr gerne. So saßen die beiden Mädchen im Freien, rauchten beide, so als müssten sie sich einfach irgendwo festhalten können und während des Gespräches erzählte Maria ihre Geschichte. Es kam einfach aus ihr heraus – in dem Moment des Gespräches spürte sie plötzliche Vertrautheit und auch Sicherheit und sprach völlig unberührt von ihrem Leben. Mittlerweise saß sie selber schon über eine Stunde im kalten Februarwind und war völlig durchgefroren, doch sie wusste schon längst nicht mehr, ob ihr die Zähne vor Kälte klapperten, oder aufgrund der psychischen Ausnahmesituation. Als eine weitere Stunde verstrichen war, konnte Maria dazu überredet werden, gemeinsam mit ihrer „neuen Vertrauten" zum Psychologieprofessor der Schule zu gehen, um mit ihm zu sprechen – vielleicht konnte er ja helfen.

Gesagt, getan. Maria war inzwischen alles egal und so erzählte sie ihre Geschichte ein weiteres Mal, ohne auch nur mit der Wimper zu zucken. Es war beinahe so, als würde sie die Geschichte eines ihr fremden Menschens erzählen. Der Professor war sichtlich überfordert; mit so einer Situation hatte er nicht gerechnet. Er bot Maria allerdings spontan an, dass sie jeden Tag, wenn sie das Bedürfnis danach hatte, zu ihm kommen solle und er würde versuchen, ihr durch gemeinsame Gespräche zu helfen. Allerdings legte er ihr dringend ans Herz, sich zusätzlich ärztlichen Rat und Hilfe einzuholen, denn auch er erkannte natürlich, dass mit dem momentanen Befinden nicht zu spaßen war.

Schließlich verließen die Mädchen das Psychologiezimmer, Maria hatte sich großzügig bei dem Professor bedankt und dasselbe tat sie bei ihrer Freundin. Mittlerweise war der akute Ausbruch abgeklungen und schlug in tiefe Traurigkeit um. Maria schämte sich und war wiedereinmal unendlich traurig über sich und die Welt. Sie dankte ihrer Freundin immer wieder und nahm sich vor, auch gleich noch zur Spanisch-Professorin zu gehen, um sich wegen ihres Verhaltens zu entschuldigen. Als sie diese im Konferenzraum antraf und mit einer Rüge rechnete, kam die Professorin entgegen aller Erwartungen mit einem mütterlichen Lächeln auf sie zu und meinte, wenn Maria Probleme hätte, könne sie gerne zu ihr kommen, um zu reden.

Die Schularbeit müsse sie allerdings in den nächsten Tagen auf jeden Fall nachholen. Maria vergoss anschließend auf der Mädchentoilette bittere Tränen, weil sie von so viel Hilfsbereitschaft völlig überfordert war. Sie verstand die Welt nicht mehr. Sie wusste, dass die Professorin nichts von ihrer Geschichte wissen konnte, da sie selber ja doch eben erst den Raum des Psychologieprofessors verlassen hatte und er somit auch noch gar nicht mit ihr darüber hatte reden können. Davon abgesehen hatte sie ihn um Stillschweigen gebeten. Wie also konnte diese Frau, eigentlich eine Fremde, mit einer solchen Einfühlsamkeit, wie nur eine Mutter es kann, mit ihr sprechen, ohne auch nur zu ahnen was Maria in ihrem Unterricht bewegt hatte? Maria wollte nun beinahe auch noch ihrer Spanisch-Professorin alles erzählen, doch sie besann sich und befand, dass sie an diesem Tag fürs Erste genug Leuten ihr Geheimnis anvertraut hatte – man musste es ja nicht übertreiben. Schließlich wollte sie ihr Problem nicht als Mittel für besondere Aufmerksamkeit einsetzen und sie wusste, dass sie es jedem Lehrer, dem sie von ihrer Krankheit erzählen würde, schwer machen würde, sie im Unterricht nicht wenigstens auf eine winzigkleine Art und Weise anders zu behandeln als ihre Mitschülerinnen. Das wollte sie auf keinen Fall.

So wollte sie es dabei belassen, einige Gespräche mit ihrem Psychologie-Professor zu führen und mehr auch nicht. In den nächsten Tagen hatte sich allerdings ihre Angewohnheit, mit ihrem Problem niemandem zur Last fallen zu wollen, bereits wieder so sehr durchgesetzt, dass sie nach 3 Gesprächen mit dem Professor nicht mehr zu ihm kam. Auf sein baldiges Erkunden, wie es ihr denn ginge, gelang ihr ein müheloses Lächeln und die Antwort, dass alles schon viel besser geworden war. In Wahrheit jedoch, schien es ihr bei dieser Aussage beinahe das Herz zu zerreißen und sie wollte schreien „Hilf mir bitte! Ich schaff es nicht mehr lang!"

GEFÜHLE UND GEDANKEN
Tränen
Tränen, die vor Kummer nicht ans Tageslicht kommen.
Sie stecken tief drin in meinem Herzen
und weinen stumm vor sich her.
Gefühle
Gefühle, die im Dunkeln verschlossen bleiben.
Doch sind sie tatsächlich eingeschlossen?

Ist es nicht so, dass sie es nicht wagen, nach Außen zu treten,
um nicht all die Konsequenzen ertragen zu müssen?
Fragen
Fragen, die tagein, tagaus meine Seele quälen.
Keiner kann darauf antworten, denn keiner kann sie hören.
Meine Lippen untersagen mir, Worte auszusprechen.
Leere
Leere, die mein Herz so fürchterlich schwer erscheinen lässt.
Sie ist eine Last, die mich beinahe erdrückt.
Verzweifeln
Verzweifeln, weil mein Herz vor Kummer
beinahe nicht mehr schlagen möchte –
meine Brust die Last nicht mehr tragen möchte, atmen zu müssen.
Traurigkeit
Traurigkeit, die all das sonnige Leben zu einer
kalten, grauen Welt einfrieren lässt.
Ein Zustand, der mich bald in den Wahnsinn treibt.
Hilflosigkeit
Hilflosigkeit, weil ich mich unverstanden fühle
und ungerecht behandelt.
Wenn ER mich nicht hält, wer dann?
Und wenn ER mich halten kann – wie lange noch?
Wieder Fragen
Und Tränen
Und Kummer
Kummer, der mich quält, einen zerreißenden Schrei hinauszulassen,
in die dunkle ruhige Nacht.
Gedanken
Gedanken, die meinen Kopf, meinen Verstand, meinen Instinkt
nicht mehr zur Ruhe kommen lassen.
Gedanken, die mir unerträgliche Schmerzen bereiten –
so, als würde mein Kopf bald zerspringen.
Hoffnung
Hoffnung auf Frieden.
Auf dass endlich alles vorbei ist!
Gott soll all dem ein Ende bereiten.
Entweder er nimmt mir das Leben,
oder gibt mir ein lebenswertes zurück...

Maria hielt stand. Erwachsenen gegenüber war sie wieder so verschwiegen, wie zuvor. Allerdings ergab es sich erneut, dass sie einem weiteren Mädchen tiefes Vertrauen schenkte. Die Beiden waren mit einigen anderen aus der Klasse abends unterwegs gewesen. Maria war aufgefallen, dass Brigitte im Vergleich zu sonst sehr ruhig gewesen war und als sie sie mit ihrem Auto nach Hause brachte, wollte sie der Sache auf den Grund gehen. Die Beiden unterhielten sich stundenlang – sie saßen im Auto – längst vor dem Haus angekommen, hörten leise Musik und rauchten in beiderseitiger Nervosität, die allerdings schnell in besondere Vertrautheit umschlug, eine Zigarette nach der anderen. Sie spürten gegenseitig, dass sie ein festes Band der Freundschaft zusammenhielt – schon lange vor diesem Gespräch. Sie waren einfach auf der selben Wellenlänge und nun sollte das Gegenüber auch noch den versteckten Rest der Seele erfahren. So tauschten sie also mitten in der Nacht ihre Geheimnisse aus, die sicherlich nicht miteinander zu vergleichen waren, aber jedes auf seine Weise extrem schwer zu ertragen. Maria konnte es anschließend auf ihrem Heimweg kaum fassen, einen so außergewöhnlich lieben Menschen wie Brigitte zu ihren Freundinnen zählen zu dürfen und es machte ihr auch keine solchen Gewissensbisse wie früher, weil sie jemanden in ihr Geheimnis eingeweiht hatte. Im Gegenteil – sie verspürte eine minimale Erleichterung.

So hatte sich in sehr kurzer Zeit die Liste der Eingeweihten etwas erweitert. Mit Brigitte zum Beispiel sprach Maria regelmäßig über ihre Sorgen, mit anderen nur wenig bis kaum. Und wieder andere waren besonders gute Freundinnen, die sie sehr lieb gewonnen hatte, bei denen es aber immer durch andere Umstände fehlschlug und misslang, ein Gespräch bezüglich Maria's Krankheit zu beginnen. So fehlte immer die Gelegenheit, sie in das Geheimnis einzuweihen, was Maria oft leidtat.

Maria hatte nun das letzte halbe Schuljahr vor sich, der Lernstress wurde nicht weniger, sondern stieg natürlich stetig an. Zu allem Übel kam auch noch dazu, dass es Maria plötzlich immer schlechter ging. Sie konnte sich kaum an gute Tage erinnern. Auch „normale" schlechte Tage waren Rarität – Maria ging es beinahe permanent richtig, richtig übel. Der besagte Tag ihres ersten Gefühlszusammenbruches während ihrer Spanisch-Schularbeit, war nun zum Maßstab aller ihrer schlechter Tage geworden und es ging ihr immer öfter so schlecht, wie damals.

Sie versuchte sich soweit zusammen-zureißen, dass sie zumindest den Unterricht nicht verlassen musste, um nicht negativ aufzufallen. Doch in den Pausen gierte sie nach der Anwesenheit ihrer Freundinnen, um gezielt von ihren schlimmen Gedanken abgelenkt zu werden. Oft fand sie es schade, dass Inga nur selten mit der gesamten Clique draußen am Raucherhof stand – sie vermisste oft ihre Nähe, doch sie gab den kleinen Hoffnungsschimmer nicht auf, dass irgendwann einmal alles wieder perfekt zwischen ihnen sein würde.

Eigentlich sollte sich Maria freuen – das Schuljahr ging zur Neige, bald war sie frei von dem gehassten Lernstress und konnte einen neuen Weg im Leben einschlagen. Doch gerade jetzt hatte sie solche besonderen Freunde gewonnen, die ihr neben Hannes sehr viel Halt gaben und wenn sie daran dachte, dass die Schule bald aus war, dann kam unweigerlich auch die Erkenntnis, dass natürlich jeder der Freundinnen den eigenen Weg einschlagen würde. Dieser Gedanke machte Maria große Angst. Endlich hatte sie solche Freunde und nun sollte sie sie gleich wieder verlieren? Sie war verzweifelt. Schließlich widmete sie ihren Freunden auch einige Zeilen, in dem Versuch, sich von ihren Ängsten und Sorgen zu erleichtern...

„....Meine lieben Freunde!
Bin grad traurig... Sitze vorm Computer – sollte eigentlich lernen – und muss an die Zeit mit euch denken. Ich kann es gar nicht glauben, dass diese scheiß verfluchte Schulzeit nun bald vorbei sein soll! Ich habe etwas für euch geschrieben und ich weiß, dass ich es euch auch zu lesen geben kann, denn ihr seid meine Freunde, ihr versteht mich und meine Gedanken:
Ich sitze hier allein im Dunkeln, nur eine kleine Kerze spendet mir Licht und etwas Wärme. Meine Gedanken kreisen um die Schule, um die schlimmen, stressigen Zeiten und um den fürchterlichen Druck, der so oft auf uns allen lastete. So vieles mussten wir durchstehen, erkämpfen und ertragen.
Es sollte nun ein erleichterndes Gefühl sein – ein Gefühl der Freiheit und ein Gefühl des „Hinter-sich-lassen's". Ein Gefühl der Freude, diesen harten, beschwerlichen Weg geschafft zu haben und auch ein Gefühl des Zornes, weil wir uns so oft über Dinge ärgern und auch so viele Dinge über uns ergehen lassen mussten.
Doch ich spüre keine Erleichterung, keine Freiheit, keine Freude oder Zorn. Es ist eine unsagbare Leere und Traurigkeit, die mein Herz erfüllt, weil ich meine Gedanken nicht von euch abwenden kann.

Ich fühle mich wie ein kleines, unschuldiges Mädchen, ganz allein und ungeliebt von jedermann. Nur ein Fünkchen Licht gehält das Herz des kleinen Mädchens warm – und dieser Funken seid ihr.

Ich fühle mich wie ein kleines Mädchen, dem das einzige und allerliebste Spielzeug auf dieser Welt weggenommen wird – aus der Hand gerissen, kaputt gemacht und völlig zerstört. Es bleiben nur die wunderbaren Erinnerungen daran... doch es wird niemals wieder so sein, wie es einmal war...

Niemals...

Die Zeit mit euch war einzigartig schön und schlagartig muss ich an eine Aussage denken, die ich schon früher einmal gehört hab. Die Zeit mit euch war wie eine Hand voll Sand. Sand, der mir durch die Fingern gleitet und nicht aufzuhalten ist. Diese unsere Zeit verrinnt nun Minute für Minute, Stunde für Stunde, Tag für Tag.

Bald ist unsere Gemeinschaft zerrissen – wir müssen uns trennen, werden eigene Wege gehen.

Bei diesem Gedanken jagt mir ein kalter Schauer den Rücken hinunter und ich sehe in das kleine Licht der Kerze vor mir, in der Hoffnung, es könnte ein Wunder bewirken. Ein kleiner Windhauch lässt die Flamme erzittern. Sie ist so klein und schwach, sie könnte jederzeit erlöschen.

Wieder ein Gedanke an unsere Freundschaft – eine Flamme im Sturm, es scheint kein Überleben, sie wird erstickt und wieder bleibt nur die Erinnerung daran.

Während eine kleine Träne einsam und ziellos meine Wange hinunterläuft, wird mir wieder einmal schrecklich bewusst, wie sehr ich euch alle liebe! Wie alleine ich mich fühlen werde ohne euch...

Es zerreißt mir beinahe mein Herz... dieses Wissen, euch in kurzer Zeit verlassen zu müssen... diese wunderbare, einzigartige Zeit hinter mir zu lassen...

Ich versuche mich darauf zu konzentrieren, die jetzige Zeit mit euch zu genießen und jeden Tag noch voll auszukosten, doch die Verzweiflung – diese große traurige Verzweiflung – bleibt ganz tief drinnen, versteckt in dem finstersten Eckchen meines Herzens und es gelingt mir nicht, dieses Gefühl zu verbannen.

Es belagert mich nun schon längere Zeit, doch um so näher die Matura rückt, umso größer wird das Verlangen, diesen innerlichen Schrei laut hinauszuschreien, um alle Welt wissen zu lassen, dass ihr meine allerbesten Freunde seid, die ich einfach nicht verlieren will!

Ich bitte euch... vergesst niemals diese wunderschöne Zeit – sie ist so einzigartig und kehrt nie wieder zurück. Und vergesst einander nicht – vergesst mich nicht. Man weiß nie, wie das Leben es mit einem bestimmt hat, wie es verläuft oder wann es endet. Lebt die Tage, als wären es die letzten... denn das sind sie auch. Hebt euch dieses Briefchen auf, als Erinnerung an mich und unsere gemeinsame Zeit.
Ich wünsche mir von ganzem Herzen, dass wir uns nach der Schule nicht völlig aus den Augen verlieren und uns oft treffen – aber na ja, man weiß ja nie, ob nicht doch etwas dazwischenkommt.
Das alles wollte ich euch schreiben – mit dem Risiko, eure eigene Stimmung zu beeinflussen. Ich will euch nicht traurig machen, nur weil ich es bin! Aber ich wollte, dass ihr es wisst...
Ich hab euch lieb!"

Die Zeit verging wie im Flug. Hannes hatte Maria ein Buch über Depressionen gekauft und sie studierte es, wann immer ihr neben dem Lernstress Zeit blieb. Sie markierte sich mit Leuchtstiften Teile und Aussagen des Buches, die ihre eigenen Gefühle und Gedanken spiegelten. Sie hatte dadurch ein bisschen das Gefühl, gewisse Dinge vielleicht aufarbeiten zu können. Maria arbeitete sehr hart an sich – sie wollte sich endlich voll und ganz auf die Schule konzentrieren und nicht immer am Rande des Todes stehen. Mit Hannes' Hilfe und mit der Unterstützung weniger wichtiger Freunde schaffte sie es schließlich, ihre schlimmen Gedanken weitgehend zu verbannen. Auch das Wetter trug seinen Teil dazu bei – es wurde immer sonniger, man konnte den Sommer förmlich riechen. Und im Sommer ging es Maria meistens immer etwas besser. Manche tippten, dass bereits im Frühling ihre Stimmung wieder bergauf gehen sollte, wenn das graue Winterwetter verschwand und die ersten Sonnenstrahlen hervorkamen, doch hier war es bei Maria genau das Gegenteil – sie sah das erwachende, blühende Leben und fragte sich, warum ihr eigenes Leben sich nicht glücklich der Sonne emporrecken konnte. Nun aber war es bereits Sommer geworden, die Abschlussprüfungen standen bevor und Maria hatte alles wohl oder übel überstanden. Die Maturareise wurde geplant, jeder fieberte darauf hin und es wurde auch ein voller Erfolg. Man genoss die Hitze und das Meer Griechenlands und eines denkwürdigen Abends wurde Maria bei einem intensiven Gespräch mit Brigitte plötzlich bewusst, dass wie aus heiterem Himmel ihr Herz den kleinen Freundschaftsknacks von dem längst vergangenen Streit mit Inga endlich überwunden hatte.

Maria war außer sich vor Freude und Erleichterung, sie wollte lachen und weinen zugleich. Als die Maturareise schließlich ihr Ende fand und sich alle Mädchen ein letztes Mal umarmten und sich verabschiedeten, flüsterte Maria noch einige entschuldigende und vergebende Worte in Inga's Ohr und beide mussten in gegenseitigem Festhalten beinahe eine Ewigkeit weinen. Maria wusste, sie hatte ihre Freundin nun entgültig zurück und doch musste sie sich nun vielleicht auf ewig von ihr trennen. Natürlich versprachen sich nicht nur Inga und Maria, sondern auch Brigitte und einige andere Mädchen, sich bald beieinander zu melden, um sich zu treffen, doch man wusste ja nie, wie es dann tatsächlich kommen würde.

Von Griechenland zuhause angekommen kam für Maria ein absoluter Hochpunkt ihres Lebens: Hannes hielt um ihre Hand an. Durch ihre Krankheit war Maria der Zukunft gegenüber immer sehr negativ eingestellt und verweigerte demzufolge auch jeden Gedanken daran. Irgendwie wusste sie, dass sie gerne heiraten und auch Kinder bekommen würde, doch sie traute sich nie, ernsthaft darüber nachzudenken, weil sie innerlich auch immer damit rechnete, jeden Moment sterben zu können. Als Hannes sie jedoch fragte, ob sie ihn heiraten wollte, riskierte sie einen kurzen Blick in die Zukunft und freute sich von ganzem Herzen darauf. So verlobten sich die Beiden im Sommer 2000 und waren glücklich wie nie zuvor. Maria durfte nun endlich bei Hannes einziehen und alles schien - bis auf vereinzelte Tiefpunkte in Maria's Gefühlswelt - perfekt.

Tagebuch, 24.07.2000
Am liebsten würde ich wieder einmal tot umfallen und nie mehr erwachen. Ich würde gerne still und heimlich vor mich hinweinen, doch selbst dazu fehlt mir die Kraft. Ich weiß nicht, was es ist, aber es fühlt sich an wie eine schwarze, eiskalte Hand die nach mir und meinem Herzen greift, wenn ich an die Zukunft denke. Es ist, als würde ich alles völlig klar sehen: alles ist sinnlos, nichts hat Hoffnung, alles ist leer und grau und dunkel und einsam und kalt und trostlos. Ich fühle mich gerade so alleine.
Ach wie gerne würde ich jetzt schlafen. Nicht im Schlafzimmer, nein, gleich hier in der Küche, hier und jetzt. Hier in Ruhe einschlafen, alleine. Und morgen nicht aufstehen müssen und übermorgen auch nicht. Und danach auch nicht – nie wieder...

Tagebuch, 13.08.2000
Sollte mich eigentlich freuen, hab eine Zusage für einen Job in Vöcklabruck bekommen und darf dort nächstes Monat anfangen. Brigitte hat mich auch angerufen – sie fängt auch nächstes Monat eine Arbeit an – auch in Vöcklabruck, das ist echt super!
Alles ist doch eigentlich zum Freuen... doch am liebsten würde ich jetzt ganz laut in die scheiß Welt da draußen rausschreien, oder auch furchtbar weinen – stundenlang – nie mehr aufhören. Oder einfach nur laufen – weit weglaufen, nie mehr wiederkommen, nicht stehenbleiben – laufen, bis ich tot umfalle.

Tagebuch, 03.09.2000
Morgen fängt die Arbeit an – ich bin schon recht nervös, aber ich freu mich schon darauf. Die letzten Tage gings mir ja nicht so schlecht, aber ich hab total Angst, dass es mir bald wieder schlechter geht – jetzt, wo dann das Herbstwetter wieder kommt... Ich weiß nicht, wie ich es in einer Arbeit schaffen soll, wenn es mir so schlecht geht, wie in der Schule zum Beispiel...
Ich möchte so gern, dass es mir bald ganz gut geht! So richtig! Bitte!

In ihrer Arbeit lebte sich Maria sehr schnell ein und auch die anfängliche Nervosität war schnell vergessen. Seit Beginn der Arbeit, die genau zeitgleich mit Brigitte's Arbeitsanfang zusammenfiel, trafen sich die Beiden nun regelmäßig jeden Montag Abend. Nach der Arbeit setzen sie sich in einem Café zusammen und redeten bis tief in die Nacht. Maria genoss Brigitte's Anwesenheit und war überglücklich, ihre Freundin auch jetzt, da die Schule zu Ende war, weiterhin regelmäßig zu sehen. Inga war wegen einer Ausbildung nach Graz gezogen und somit beschränkte sich die Aufrechterhaltung dieser Freundschaft nur auf's Telefonieren. Inga und Maria konnten sich demzufolge leider nur selten treffen, doch wenn sie zusammenwaren, war es, als wäre nie eine längere Zeit dazwischen gewesen; so als hätten sie sich erst gestern gesehen. Die Intensivität und Vertrautheit der Freundschaft hatte trotz der langen Wiedersehenspausen nie an Stärke verloren.
Währenddessen war Maria auch noch überglücklich, dass die Freundschaft zu Brigitte keinesfalls geringer einzustufen war und dass sie ihre Freundin tatsächlich wöchentlich sehen konnte.
Dann kam das Herbstwetter – und mit dem Temperaturabfall fiel wortwörtlich auch Maria's Verfassung...

Tagebuch, 02.10.2000
Scheiße! Ich hasse das alles!
Ach Gott... wenn doch alles etwas einfacher wäre... Ich bin immer am Rande, umzufallen... tief in mein Loch rein... Ich würde mich so furchtbar gerne richtig hängenlassen und meine innerliche Stimmung rauslassen! Doch in der Arbeit kann ich mir das einfach nicht leisten! Und auch Hannes kämpft schon ziemlich mit seinen Nerven, glaube ich. Ja, und das ist auch zu verstehen...
Ach, wenn ich meine Gefühle und Gedanken wenigstens raus-schreiben könnte. Aber es geht nicht. Jetzt gerade geht es nicht. Ich...
Ach, dieser verfluchte Drang!

Die Seiten mit wirrem Gekritzle in Maria's Tagebüchern wurden wieder mehr. Beim Schreiben durchbohrte sie oft mehrere Seiten im Versuch, den Drang, sich selbst zu verletzen, so kompensieren zu können. Doch meistens endete alles wieder im selben Desaster.

Tagebuch, 07.10.2000
Ich hasse das Wetter. Ich hasse den scheiß Regen! Und den Wind und die Kälte! Ich hasse auch die Sonne und die scheiß Hitze! Fuck, ich hasse alles!
Ich hasse mich und mein scheiß Leben!

Tagebuch, 11.10.2000
Lieber Gott, warum hast du mich verlassen?!
Bitte lass mich sterben!

Tagebuch, 31.10.2000
Bitte lieber Gott mach, dass ich mich in der Arbeit besser zusammenreißen kann.
Mach, dass alles gut wird! Bitte hilf mir, dass ich das schaffe! Bitte gib mir doch ein bisschen mehr Kraft! Bitte!

Tagebuch, 01.11.2000
Ich würde am liebsten nur weinen, weinen, den ganzen Tag weinen.
Einfach nur daliegen, nichts sprechen, nur vor mich hinweinen.
Ganz allein.
Dazu brauch ich keinen.
Nur mich allein.

Ich möchte richtig alleine weinen, schreien und den ganzen Kummer, die Ängste und Sorgen, die ganze Last meiner Gedanken und Gefühle rauslassen.

Ich will alleine sein. Dort, wo niemand mich vermisst, niemand an mich denkt. Niemand um mich trauert.

Ich möchte ganz weit weg sein. Weit, weit weg von dieser scheiß Welt, wo jeder nur an sich selbst denkt, an die eigenen Probleme, niemals an andere. Die scheiß Welt, wo jeder Mensch irgendein Spielchen mit dir spielt, nämlich das eigene Spielchen, mit eigenem Profit – unabhängig, welchen Schaden ein anderer dadurch davonträgt.

Egoismus, Stolz, Sturheit, Macht – jeder will immer am besten davonkommen und am besten aussteigen.

Ach, was schreib ich da für einen Scheiß!

Ich will einfach nur weit weg von dieser Welt.

Weg von dieser scheiß Welt ohne scheiß Gott! Wo soll dieser Gott sein?! Wo bist du? Wo, verdammt, frage ich mich?

Ich hab an dich geglaubt, ich habe echt an dich geglaubt. Habe mich auf dich verlassen, habe auf dich vertraut, habe auf dich gezählt. Ich habe zu dir gestanden, zu dir gebetet. Habe dich verteidigt, habe deine Zeichen und Wunder gesehen und mich über dich gefreut. Habe mich stolz gefühlt, in deinem Schutz stehen zu dürfen – habe mich danach gesehnt, bei dir sein zu dürfen! Verdammt noch mal, warum?! Mein Glaube schwindet samt meiner Hoffnung auf eine Besserung...

Wie oft habe ich dich angefleht, gebetet, geheult aus tiefstem Herzen!? Du ignorierst es einfach – es kommt kein Zeichen, keine Hilfe. Warum nur? Mein Gott, mein lieber Gott, warum hast du mich verlassen?!

Maria ging es schlechter und schlechter. Es lag auf der Hand, dass alle ihre Reserven zur Neige gingen. Sie musste sich tagsüber in der Arbeit so sehr darauf konzentrieren nicht deprimiert zu sein, um ihre Aufgaben gut zu erledigen, dass sie Abends völlig neben sich stand. Ihrem Körper fehlte es einfach an genügend Zeit, die Krankheitssymptome der Depression hinauszulassen und somit begann das alte Spiel der verschiedensten Körpergebrechen. Maria's Magen meldete sich akut zu Wort, sie bekam eine Erkältung nach der anderen und ging von Stirnhöhlenentzündung über Angina und unerträglichen Knieschmerzen bis zu Beckenentzündungen, schmerzhaften Wasseransammlungen in den Knöcheln und Migräneanfällen alles durch.

Sie fürchtete schon um ihren Job, denn sie war ja nicht absichtlich krank. Sie wollte sich bemühen, doch umso mehr sie sich Mühe gab, umso schlechter ging es ihr. Abends lag sie heulend in Hannes' Armen und wünschte sich nichts mehr, als am nächsten Tag nicht mehr erwachen zu müssen. War sie von der Arbeit zuhause, verdunkelte sie die Räume und verkroch sich in der Ecke des Zimmers unter einer Decke, weinte endlose Tränen oder konzentrierte sich einfach nur darauf, sich Hannes zuliebe nichts anzutun. Doch es wurde von Tag zu Tag schlimmer. Hannes musste nun des öfteren bis spät in die Nacht hinein arbeiten und wenn er vor der Wohnung sein Auto parkte und von außen das Licht im Badezimmer brennen sah, betrat er immer voller Herzklopfen und dumpfer Vorahnung die Wohnung. Sein Gefühl ließ ihn auch nie im Stich – Maria saß immer öfter völlig niedergeschlagen am Boden vor der Badewanne, eine Rasierklinge in der Hand, und kämpfte gegen sich und ihren Drang, die Klinge gegen sich selbst zu verwenden. Viel zu oft verlor sie diesen Kampf und Hannes konnte nach dem Eintreffen zuhause oft nur noch ihre blutende Hand verbinden. Die Sorge, er könnte einmal zu spät zuhause eintreffen, nahm überwältigende Dimensionen an – nicht nur zuletzt deswegen, weil im Laufe der Zeit Maria's Schnitte immer tiefer wurden. Er konnte die Angst, irgendwann seine tote Verlobte im Badezimmer vorzufinden, schließlich nicht mehr ertragen und ermahnte sie hartnäckig, das frühere Vornehmen, nach Beendigung der Schule einen ordentlichen Arzt oder Psychologen aufsuchen zu wollen, endlich wahrzumachen. Sie sollte sich nun doch ernsthaft nach professioneller Hilfe umsehen. Er bot liebend gerne seine Hilfe an und konnte sie letzten Endes an ihrem 20. Geburtstag dazu überreden, mit ihm zu einem Arzt für klassische Homöopathie zu gehen. Nach mehreren stundenlangen, sehr teuren, aber auch sehr positiven Gesprächen hatte Maria nun verschiedene Tröpfchen und Kügelchen ausprobiert, deren Wirkung allerdings noch zu wünschen übrigblieben. Sie war sich dessen bewusst, dass Homöopathie über einen längeren Zeitraum angewendet werden musste, um die volle Wirkung zu erreichen, doch sie war oft nahe daran, einfach nichts mehr von alldem einzunehmen, weil sie den Glauben an Hilfe verloren hatte. Es ging ihr einfach viel zu langsam – sie wollte diese Mittel ein paar mal einnehmen und sofort ein gesunder junger Mensch sein und sie konnte sich oft nicht damit abfinden, dass dem nun einmal nicht so war.

Nur Hannes hatte sie es wieder einmal zu verdanken, dass sie trotz aller ungeduldiger Zweifel ihre Medizin weiternahm – sie war zwar langsam immer mehr davon überzeugt, dass sie sowieso nicht helfen würden, doch sie schluckte sie Hannes zuliebe.

Tagebuch, 03.01.2001
Es ist 10 nach 1, nachts – Hannes schläft. Ich habe mir vorhin wieder mal mein graues Büchlein über Depressionen (von Hannes) geholt, hab mich ins Bett unter die Decke gelegt und mit einer Taschenlampe wieder einmal ein bisschen darin gelesen.
Ich weiß nicht, was in mir vorgeht – irgendwie hab ich mir jetzt schon ein paar mal unterm Lesen gedacht, wie es eigentlich wäre, wenn ich selber all das was in mir vorgeht (und was früher so war usw.) mal selber als Buch aufschreiben würde – so wie diese Frau aus meinem Buch, die zwischendurch von ihrer Lebensgeschichte erzählt. Irgendwie hab ich mir nun schon ein paar mal gedacht, dass das sicher irgendwie ganz gut wäre, aber ich weiß auch nicht... Vielleicht bringe ich es einmal fertig - wenn ich die nötige Zeit dazu hab - und beginne, alles aufzuschreiben??? Und wer weiß, vielleicht bringe ich mal mein eigenes Buch raus??? Ach, wahrscheinlich sind das alles nur naive Illusionen.
Gerade quälen mich auch wieder Gedanken an die Arbeit. Nicht nur, ob ich alles alleine bewältigen kann, sondern auch, ob es tatsächlich das Richtige für mich ist. Ich meine, ich sag mir selber immer, es macht mir Spaß, und wenn ich darüber nachdenke, ist es auch die Wahrheit – doch jetzt im Moment (wie auch sonst öfters) frage ich mich, ob ich mir das alles nicht nur einrede. Ich weiß auch nicht, ich will es selber gerne glauben, dass es mir dort gut gefällt... Hmmm! Wie so oft in meinem Leben streiten sich verschiedene Meinungen, Gedanken, Persönlichkeiten, oder wie immer man das auch nennen mag...
Au! Es sticht auf der linken Seite so dermaßen in meinem Kopf, dass ich fast glaube, es zerreissen irgendwelche Dinge da oben...
Vielleicht bekomme ich ja einen Tumor oder so ein Zeugs. Hihi.
Ich weiß, dummer Scherz, aber na ja. Aber dann wäre es so, wie ich in einem Buch gelesen hab: hätte ich irgendeine andere schlimme Krankheit, die man ohne weiteres in der Öffentlichkeit zu geben kann, so würden alle das Problem sehen und ihr Mitgefühl wäre berechtigt. Sie alle würden verstehen, worunter man so derart leiden

muss, keiner würde irgendwelche Fragen stellen oder gar meine Schmerzen anzweifeln. Doch so – ohne äußerliche Anzeichen – ist es für jeden schwer zu verstehen, was in mir vorgeht. Und es ist schwer zu begreifen, welche Schmerzen und Ängste einen plagen, wie leer und kaputt man sich fühlt und wie sehr man einfach nur umfallen und ewig schlafen möchte. Und natürlich ist es für jeden schwer zu begreifen, was wohl in einem vorgehen muss, wenn man sich selber verletzt und dann womöglich noch nicht mal Schmerzen dabei empfindet, sondern eine positive Art des Druckablassens fühlt.

Au, mein linkes Ohr tut auch voll weh! Scheiße, ich hasse Ohrenweh! Tja, wird wohl nichts aus meinem Tumor im Kopf – ist wohl doch nur eine scheiß harmlose Verkühlung oder so...

Ach ich wünschte, meine Eltern würden darüber Bescheid wissen und würden es ganz locker sehen. Einfach als eine Krankheit, so wie ein Geschwür, Krebs oder sonst irgendeinen Scheiß, worüber sie sich nicht Selbstvorwürfe oder sonst was machen würden.

Und ich wünschte, ich müsste nicht arbeiten gehen müssen, sondern ich dürfte in irgendein Heim oder so – so was wie ein Krankenhaus, wo ich dann bleibe, aber wo mich jeder besuchen darf... wo mir endlich richtig geholfen wird. Einfach ein Ort, an dem ich 24 Stunden am Tag auch öffentlich zeigen darf, wie und wer ich bin, ein Ort, an dem ich mich nicht pausenlos verstellen muss, um nicht irgendwie als „komisch" oder „anders" dazustehen.

Aber ich hab einfach nicht das Selbstwertgefühl, den Egoismus oder den Mut dazu, um mir sagen zu können „Ach was, sei einfach du selbst – ganz egal, was sich andere dabei denken!" So bin ich halt nicht...

Ach, ich hätte schon während der Schulzeit irgend so eine Anstalt oder so was aufsuchen sollen... Ich hab mir zwar immer gedacht, dass so was voll blöd wäre, weil man ja dann so viel in der Schule versäumt, doch wenn ich jetzt darüber nachdenke, weiß ich, dass es viel günstiger in der Schulzeit gewesen wäre, als im Berufsleben. Ach Mist! Hätte ich damals doch schon so weit gedacht!

Ich glaube, wenn ich weit weg von meinen Eltern wohnen würde – so richtig weit weg – dann hätte ich mir nach der Schule gar keine Arbeit gesucht, sondern wäre gleich in irgend so ein Heim gegangen.

Dann hätte ich das durchgezogen, hätte keinen Zeitdruck gehabt – von wegen, ich versäume etwas in der Schule oder in der Arbeit.

Dann hätte ich das durchgezogen und wenn alles wieder in Ordnung gewesen wäre, hätte ich mir eine schöne Arbeit gesucht und hätte ein normales und geregeltes Leben führen können. Doch wie hätte ich das in meiner jetzigen Situation meinen Eltern schonend erklären können...?

Und wie sieht es jetzt aus? Alle paar Wochen geh ich zu einem Homöopathen, der mir in Wirklichkeit auch nicht helfen kann.

Ach was soll das Ganze eigentlich? Wozu sitz ich da, mitten in der Nacht, und schreibe das alles hier auf?! Jetzt ist es schon Viertel nach 2 in der Nacht. Ich frage mich, wie oft ich mir all diese Gedanken und Fragen noch stellen werde, bevor ich endlich irgendwie zur Ruhe komme.

In solchen Momenten wie jetzt, in denen mir einfach meine Kraft zwischen den Fingern davonzugleiten scheint, stelle ich mir oft vor, wie „leicht" mir meine Entscheidung fallen würde, wenn Hannes nicht wäre. Ich bräuchte mich nicht mit so vielen Gedanken zu quälen, bräuchte mich selber nicht so oft zu überwinden, könnte meinen Gefühlen einfach freien Lauf lassen...

Es mag verrückt und unvorstellbar klingen, aber bei dem Gedanken, es würde Hannes nicht geben und ich könnte jetzt aufstehen, ins Bad gehen und meinem Leben einfach ein Ende setzen, kommen mir die Tränen und ich zittere am ganzen Körper. Nicht vor Angst – sondern vor Erleichterung. Meine Seele schreit direkt danach. Ich kann nicht erklären, was ich an diesem Gedanken finde, doch... danach würde ich mich sehr sehnen.

Lieber Gott, mach bitte, dass ich nicht mehr daran denke!

Es ist so, als hätte man tage-, nein wochenlang nichts zu trinken bekommen und plötzlich stellt man sich wahrhaftig vor, wie man durstig das kalte Nass verschlingt. Und man wird sich bewusst, dass doch alles nur ein Traum ist, denn man darf nichts trinken. Würde man trinken, so müsste der liebste Mensch den man hat, sehr leiden... Diese Erkenntnis tut so furchtbar weh. Man ist hin- und hergerissen zwischen der größten Liebe dieser Erde und dem unerklärbaren Verlangen nach etwas, was einem dennoch für unvermeidbar erscheint. Und man entscheidet sich für den Menschen, den man über alles liebt, nur damit er nicht unter einer anderen Entscheidung leiden müsste. Man freut sich einerseits, ein solches „Opfer" für diesen Menschen vollbracht zu haben um bei ihm sein zu dürfen, doch andrerseits blutet einem das Herz und man möchte schreien und weinen, weil diese unerklärbaren tiefgründigen Schmerzen einen nicht loslassen und ewig quälen.

So lange quälen, bis wieder einmal der Gedanke an das kühle klare Wasser kommt und man von Neuem mit sich streiten und verhandeln muss, wie denn nun die nächste Entscheidung klingen soll...
Ach, warum kann mich keiner verstehen?

Wochen vergingen und es war keine Besserung in Sicht. Es ging Maria konstant sehr schlecht. Zusammenfassend kamen ihr diese Winter-monate nur wie ein großer schwarzer Fleck in ihrem Leben vor. Wo in den vorangegangenen Jahren zwischendurch wenigstens ein paar gute Tage auftauchten, ging es ihr im Winter 2000/2001 jeden Tag schlecht. Sie zweifelte an ihrem Verstand und fragte sich nicht nur einmal, wie lange sie das wohl noch durchstehen konnte. Auch für Hannes wurde es zu einer Zerreißprobe. Er liebte Maria von ganzem Herzen, doch irgendwann kommt jeder Mensch an seine Grenzen. Maria hatte zu ihren furchtbaren Gefühlen, Ängsten und Todes-kämpfen nun auch vermehrt die Sorge, ob Hannes sie nicht doch irgendwann deswegen verlassen würde. Doch er war eisern – er wollte einfach an ihrer Seite sein und ihr dabei helfen, alles zu bewältigen.

Tagebuch, 19.03.2001
Ich sitze hier in der Küche und starre in die Dunkelheit hinaus. Zum tausendsten Mal frage ich mich, warum alles so ist, wie es ist. Mir tut alles so fürchterlich weh, dass mir beim Versuch, meine Gedanken und Gefühle in Worte zu fassen, sofort die Tränen kommen. Ich finde einfach keine Ausdrücke, um meine Verzweiflung loszuwerden. Ich hasse mich einfach nur.
Ich möchte ein Vogel sein – frei. Ich möchte fliegen können, weit weg. Nicht gebunden und verpflichtet sein. Möchte mich so fühlen können und IHN trotzdem so sehr lieben können. Niemals das Schöne vergessen, Fehler verzeihen...

Der Winter zog vorbei und auch der Frühling. Als es Sommer wurde, wurde Hannes und Maria eines denkwürdigen Abends plötzlich bewusst, dass es ihr nun schon seit einigen Wochen verblüffend gut ging. Ihre dunklen Tage kamen – wie so oft im Sommer – nur noch spärlich, doch diesen Sommer schien es überraschend gut zu gehen. Hannes hatte insgeheim die Hoffnung, dass die Homöopathie nun endlich gegriffen hatte und es zukünftig stetig bergauf ging. Maria aber wollte über all das gar nicht nachdenken – sie rechnete eher wieder mit einem starken Stimmungsabfall wenn der Herbst wieder kam. So vergingen abermals Tage und Wochen und Maria genoss ihr Leben wie noch nie zuvor. Es war ihr gar nicht bewusst, wie SEHR sie lebte. Vergessen waren die traumatischen Wintermonate und der harte Kampf – sie genoss das Hier und Jetzt. Sie genoss es sogar so sehr, dass sie sich ernsthaft mit dem Gedanken der Zukunft an-freundete. Zuerst dachte sie lange darüber nach, wie sie sich wohl einmal ihre Hochzeit mit Hannes vorstellte. Bald kamen auch Gedanken an Familienplanung – sie konfrontierte sich eingehend mit dem Thema Baby und dachte auch darüber nach, wie es wohl wäre, ein eigenes Haus zu besitzen. Sie und Hannes sprachen oft über diese Themen – sie dachten endlich wie ein normales junges verliebtes und auch bodenständiges gesundes Paar an ihre gemeinsame Zukunft.

Dann kam der Herbst.
Maria ertappte sich des öfteren dabei, mit leicht trübem Blick in den Herbstregen zu sehen, oder graue Nebeldecken zu studieren, doch ihre Gefühle blieben neutral. Sie fühlte ein kurzes Aufflackern von der altbekannten Angst, dass es ihr womöglich bald wieder schlecht gehen könnte, doch es kam nicht. Es ging ihr einfach gut. Und sie konnte es nicht fassen.
Manchmal fühlte sie sich so derart glücklich, dass es ihr wirklich in der Brust schmerzte. Oft dachte sie auch, sie würde nur träumen und gleich wieder in ihr finsteres altes Leben erwachen, doch auch dem war nicht so. Am häufigsten schwirrten ihr nun aber fixe Ideen und Gedanken der Familienplanung im Kopf. Ihr Kinderwunsch war ent-facht und ließ sich nicht mehr eindämmen. Oft sprach sie mit Hannes darüber, doch er sagte, er wäre noch nicht bereit dafür. Maria konnte es verstehen – sie selber hatte zwar den brennenden Wunsch nach einem Baby, doch sie war eine vernünftige junge Frau und war sich dessen bewusst, dass sie sich selber auch noch mehr Zeit geben sollte, um zu beobachten, ob ihre Krankheit tatsächlich geheilt war. Immerhin ging es ihr nun bereits ein halbes Jahr sehr gut und diese Stimmung war sehr konstant. Sie konnte sich kaum noch daran erinnern, welche Gefühle und Gedanken sie noch im Winter zuvor gehegt und geplagt hatten. Daher kam der kleine Aussetzer eines Tages auch wie aus heiterem Himmel und völlig unerwartet...

Tagebuch, 31.10.2001
Gestern hab ich mir seit langem wieder wehgetan. Ich hatte gehofft, dass ich heute wieder gut drauf bin, aber jetzt, wo ich noch dazu alte Zeilen aus meinem Tagebuch gelesen hab.. na ja, da ist mir bewusst geworden, dass diese alten Sachen eigentlich doch gar nicht so alt sind...
Ich weiß auch nicht. Ich hatte in letzter Zeit alles so sehr im Griff. Ich hab mich so wahnsinnig bemüht, um Hannes zu zeigen, dass ich es wirklich schaffen kann. Weil ich mir doch so sehr ein Baby wünsche...
Ich kann nicht beschreiben, wie furchtbar weh es tut und wie sehnlichst ich mir ein Kind wünsche. Und doch will ich natürlich Hannes nicht unter Druck setzen. Noch dazu wäre es irgendwie ja auch verantwortungslos von mir, wo ich doch gestern auf einmal einen Rückschlag hatte. Und dabei weiß ich gar nicht mehr, warum. Es war gar nicht so, dass es mir recht schlecht gegangen ist – es war eher so, dass ich kurz zornig war und aber nicht wusste, wie ich normal und ordentlich mit so einem Gefühl des durchschnittlichen Zornes umgehen soll. Ich kenne nur den Weg, mich selber zu verletzen und darum hab ich es getan. Jetzt tut mir das natürlich total leid. Ach, es ist so schwer... Und es tut so weh... Ich bemühe mich so sehr, nicht zu weinen, aber es geht einfach nicht. Dieser Rückschlag hat mir eine Menge Kraft genommen. Es ist nicht so wie früher, dass ich mich bedaure oder so – ich weine und bin traurig, weil ich gestern mit meinen neuen Gefühlen überfordert war. Ich wollte Hannes so gerne beweisen, dass ich gesund bin oder werden kann – und dann tu ich wieder so was! Irgendwie muss ich noch lernen, mit ganz normalen Gefühlen umzugehen – ich kann das noch nicht. Aber ich hoffe, bald.
Dieser Gedanke – der Gedanke an ein Baby hat mir so viel Kraft gegeben, wie noch nie...

Tagebuch, 02.12.2001
Bin seit gestern im Krankenstand – bin total verkühlt und hab einen Harnwegsinfekt und eine Nierenbeckenentzündung – toll! Naja, zumindest konnten wir an meinem Geburtstag noch schön Essen gehen...
Jetzt bin ich echt 21 und es ist das erste Mal seit mehreren Jahren, dass ich meinen Geburtstag nicht mit psychischen Schmerzen verbringen musste. Es geht mir echt so gut (bis aufs krank sein) und

ich bin echt glücklich. Ich traue es mir kaum laut auszusprechen, aber ich glaube, meine Krankheit habe ich nun wirklich überwunden. Langsam aber doch lerne ich, wie ich mich in Streitsituationen verhalte, wie ich meinen Ärger oder Zorn rauslasse – eben auf normale Art. Und es funktioniert!
Ich glaube, Hannes ist stolz auf mich... In letzter Zeit reden wir wieder vermehrt über ein Baby und ich glaube, schön langsam ist er auch bereit dafür...
Ach, es wäre ja wunderschön!!!!

Im Frühjahr 2002 beschlossen Maria und Hannes, dass sie zukünftig nicht mehr zu zweit zusammenleben wollten – Maria wurde bald darauf schwanger, es wurde Hochzeit gefeiert und nach der Geburt ihres Sohnes waren alle Zweifel oder Ängste, ihre Krankheit könne vielleicht doch irgendwann einmal zurückkommen, vergessen. Maria schien die Erfüllung ihres Lebens gefunden zu haben – der Weg dort hin war ein harter, aber sie hatte ihn mit Hannes' Hilfe gehen können.
In den nachfolgenden Jahren hatte Maria nie einen Rückfall – sie hatte durchaus den einen oder anderen schlechten Tag, war aber maximal „normal" deprimiert. Manchmal äußerte sie die Angst in ihren Tagebüchern – sie befürchtete, dass die Depressionen vielleicht irgendwann wieder einmal zurückkommen könnten. Doch Maria arbeitete ständig an sich und ihrer nun positiven Lebenseinstellung. Sie wollte alles Vergangene vergessen. Allerdings wurde ihr bewusst, dass das mit dem Vergessen so eine Sache war. Solange sie ihre Vergangenheit nicht aufgearbeitet hatte, konnte sie sie auch nicht vergessen. Schließlich fand sie im Dezember 2005 endlich den Mut, ihren Eltern die ganze Wahrheit über sich und ihr Leben zu erzählen. Silke und Hans traf es wie ein Schlag, doch es wurde in völliger Ruhe noch mal alles beredet und Maria spürte, dass sie nun endlich „Frieden schließen" konnte und sich der letzte große Knoten in ihrer Brust zu lösen begann. Sie fühlte, dass sie erst jetzt, da ihre Eltern die Wahrheit wussten und sie keine Geheimnisse mehr vor ihnen zu haben brauchte, richtig beginnen konnte, die Vergangenheit zu bewältigen. Sie arbeitete hart an sich und gab sich immer Mühe – doch natürlich braucht alles seine Zeit. Erst durch das Niederschreiben ihrer Geschichte im Frühjahr 2008 fühlte sie sich zum ersten Mal völlig befreit von jeglichen Schatten vergangener Zeiten.

NACHWORT

Mittlerweile haben Hannes und Maria zwei Söhne und führen ein normales und glückliches Leben in ihren eigenen vier Wänden. Brigitte ist nach wie vor neben Hannes die wichtigste Bezugsperson für Maria und auch Inga wäre keinesfalls wegzudenken. Maria hat es aus eigener Kraft, mit der Unterstützung besonderer Freunde und vor allem aber durch Hannes' liebevollen und stetigen Halt geschafft, ihre Krankheit zu bekämpfen. Die Narben an Maria's Arm sind stille Zeugen dramatischer Momente und machen es ihr unmöglich, nie wieder an diese vergangenen Situationen zu denken. In seltenen gefühlsbetonten und ruhigen Minuten schleichen sich leichte Ängste in ihre Gefühlswelt – die Frage, ob die Krankheit nun für immer besiegt ist, stellt sich manchmal unbegründet. Die Antwort darauf kann keiner geben, doch Maria und Hannes leben mit ihren Kindern im Hier und Jetzt – sie sind glücklich und gehen miteinander durch dick und dünn – so, wie es schon immer gewesen ist.

MARIA'S ZEILEN

Es war ein kurzer Gedanke. Wie ein Blitz in dunkler Nacht – einsam und kurz aufleuchtend, und sogleich wieder verschwunden. Der Gedanke, ich könnte einmal selber einige Teile meiner Vergangenheit niederschreiben. Erst einmal niederschreiben, um alles auf- und umzugraben, im Nachhinein zu betrachten. Um Dinge verspätet aufarbeiten zu können. Oder einfach, um Dinge nun in der heutigen Gegenwart aus einem anderen Blickwinkel sehen zu können. Der Gedanke, diesen Teil meiner Geschichte dann vielleicht sogar zu einem Buch zu verfassen. Ein Buch, indem ich selber lesen kann, indem vielleicht sogar auch irgendwann einmal andere Menschen lesen können – einfach nur so, aus Neugierde, Interesse oder vielleicht auch, weil sie sich vom hauptsächlichen Thema meiner Geschichte durch irgendeine Art und Weise betroffen fühlen. Menschen, die vielleicht ein ähnliches Schicksal haben, ähnliche Symptome wie ich, oder Menschen, die vielleicht jemanden kennen, der so wie ich von der immer häufiger auftretenden Krankheit der Depression heimgesucht wird oder wurde. Dieser Gedanke blitzte in meinem Kopf auf, nur ganz kurz, und war sofort wieder verschwunden – ich denke, ich habe ihn zuerst gar nicht so wirklich registriert. Vielleicht habe ich ihn unterbewusst sofort als Blödsinn abgestempelt, als naive Idee. Vielleicht hatte ich aber auch sofort den Ansatz einer kalten Angst in mir – die Angst, die sich meiner Magengegend anschleicht, wenn ich an dieses dunkle Kapitel meiner Vergangenheit denke.

Der Gedanke kam wieder – Wochen später – und ich konnte ihn plötzlich doch nicht mehr so leicht verdrängen, wie beim ersten Mal. Ich begann kurz darüber nachzudenken, wie ich denn dieses „mein" Buch beginnen würde, wie ich es für mich persönlich am besten aufgliedern und behandeln würde. Es schien mir zu komplex und zu verwirrend und so wurden die Überlegungen wieder zunichte gemacht. Bis zu dem Tag, als ich abends alleine in unserem Büro saß und nichts mit mir anzufangen wusste. Hannes, mein Mann, hatte einen neuen Job angefangen und war zur Einschulung drei Wochen in Deutschland, unsere beiden Jungs schliefen längst, im Fernsehen ließ sich nichts Vernünftiges finden und nachdem ich etlichen Bekannten endlich wieder einmal eine Email geschrieben hatte, kam mir der Abend, der noch vor mir lag, viel zu lange vor.

Und so saß ich da und grübelte über Gott und die Welt und stolperte in meinem Kopf über diesen alten Gedanken. Wieder überlegte ich hin und her, Gedanken formten sich zu verschwommenen Bildern, die allmählich immer klarer wurden – und nach einer Weile war ich sogar beinahe so weit, meine alten Tagebücher von damals herauszukramen, um mich gleich inspirieren zu lassen, doch die bekannte Angst der Konfrontation war doch wieder zu groß. Zu groß war die Furcht vor längst vergessenen und verdrängten Zeilen meiner Tagebücher - Kritzeleien der Wut und der Angst, tiefer Trauer und Verzweiflung. Tränenverschmierte Zeilen, sentimentale Gedichte, herausgerissene Seiten und besondere eingeklebte Erinnerungsfotos. Bei der Idee, die Kisten mit meinen Tagebüchern auch nur zu öffnen, sträubten sich mir die Nackenhaare und ich wusste, ich war doch noch nicht bereit dafür. Und da zur Krönung meines Abends der Retter und die Stütze meines Lebens nicht zu Hause war, fühlte ich mich noch viel weniger imstande, mit dem „Projekt Vergangenheitsaufarbeitung" zu beginnen. Doch der Gedanke war seither immer present. Immer wieder leuchtete er in meinem Kopf auf, in den unterschiedlichsten Situationen und meistens völlig unbewusst. Tief in meinem Inneren hatte sich etwas verselbstständigt und der Gedanke, tatsächlich irgendwann einmal alles niederzuschreiben und womöglich sogar zu veröffentlichen, verfestigte sich in mir und wurde zum fixen, aber noch geheimen Vornehmen. Hannes hatte ich davon erzählt – er weiß alles über mich und so soll das auch bleiben. Ihm vertraute ich die Sache mit dieser Idee an und ich glaube, er fand es zuerst zwar nicht sehr prickelnd, aber doch auch nicht schlecht. Ich denke, er hatte vielleicht auch ein kleines Angstgefühl, dass mich die Beschäftigung mit früheren Gedanken vielleicht sehr mitnehmen könnte. Zurecht. Noch immer ist mir nicht ganz wohl bei der ganzen Sache, aber immerhin konnte ich nun endlich den ersten kleinen Schritt tun und schreibe nun heute, ein halbes Jahr nachdem ich Hannes von meiner Idee erzählt habe, die ersten Zeilen meiner eigenen kleinen Geschichte. Und ich muss sagen, ich bin stolz darauf, endlich diesen ersten Schritt gewagt zu haben – noch ist ja nichts Schlimmes für mich passiert, noch habe ich die Kisten mit meinen Tagebüchern nicht geöffnet und Gott weiß, wann der Tag da ist, an dem ich sie dann tatsächlich ohne darauffolgenden Schaden für meine jetzige Gefühlswelt aufmachen kann.

Doch irgendwann öffne ich sie – die Kisten mit den Zeilen aus vergangenen Zeiten – nicht nur symbolisch gesehen die Kiste zum verschlossenen Teil meiner Seele.

PERSÖNLICHE DANKSAGUNG

Ich möchte hiermit Bianca meinen Dank ausdrücken, weil sie mich vor, während und nach Erstellung meines Buches immer in allen Aspekten positiv unterstützt und inspiriert hat. Ihre stetige Ausdauer und ihr Ansporn haben mir immer geholfen, zwischenzeitlich nicht den „Kopf in den Sand" zu stecken.
Ingrid danke ich ganz besonders für ihr immerwährendes positives Interesse am Werdegang meines Werkes, ihr „offenes Ohr" und ihre stetige Ermunterung, immer weiterzumachen.
Anna, Julia und Eva danke ich mit der ganzen Liebe meines Herzens, weil sie auf so einzigartige und unvergleichliche Weise mein Leben positiv beeinflussen und vervollständigen.
Besonders bedanken möchte ich mich zuletzt bei Thomas, weil er mir immer wieder den Mut und die Kraft gab, dieses Projekt als meinen lange ersehnten Wunsch zu verwirklichen und weil er an mich glaubt.
Er ist der Engel, der mein Leben absolut lebenswert macht.

LETZTES ZUM WERK

Dieses Buch basiert auf realen, übertragenen Erfahrungsberichten. Die Geschichte an sich, sowie Namen aller Personen und die Handlungsgegebenheiten sind allerdings verändert, bzw. frei erfunden. Bei wiedererkannten Situationen, Benennungen oder Ortschaften handelt es sich demzufolge nur um einen Zufall.

HERSTELLUNG UND VERLAG

Books on Demand GmbH, Norderstedt

Vielen Dank!